光文社文庫

ひょうたん
新装版

宇江佐真理

光　文　社

目次

織部《おりべ》の茶碗《ちゃわん》 7
ひょうたん 63
そぼろ助広《すけひろ》 121
びいどろ玉簪《たまかんざし》 183
招《まね》き猫《ねこ》 235
貧乏徳利《びんぼうとっくり》 287
解説 磯貝勝太郎《いそがいかつたろう》 338
わたしの北極星 朝倉《あさくら》かすみ 346

ひょうたん

織部《おりべ》の茶碗《ちゃわん》

一

　午前中は眩《まぶ》しい陽《ひ》の光が射し、神無月《かんなづき》にしては暖かい日だと思っていたのもつかの間、昼過ぎになると空は雲で覆《おお》われ、首筋をぞくりとさせる風も出てきた。お鈴《すず》は店の前に七厘《しちりん》を出し、その上に鍋を掛けて大根を煮ていた。米の研《と》ぎ汁で下茹《したゆ》でした大根を昆布だしでさらに煮る。箸《はし》を刺して煮崩れるほど柔らかくなったら、さっと醤油と味醂で味を調《ととの》える。それを昨夜から作っておいた柚子味噌《ゆずみそ》につけて食べるのだ。亭主の音松《おとまつ》はさらに辛子《からし》を盛大に加えるのが好みだった。柚子は近所の隠居が庭で生《な》ったのを五つばかり届けてくれたものだ。天気が悪くなった分、それは今夜のお菜《さい》にふさわしいものになったような気がする。

　五間堀《ごけんぼり》沿いの道を歩く人々も、いい匂いを漂わせている鍋に恨めしそうな視線を投げて通り過ぎて行く。五間堀は六間堀の途中から東へ伸びている堀で、彌勒寺《みろくじ》から鉤型《かぎがた》に南へ方向を変え、元町の武家屋敷で堀留となっている。お鈴と亭主が営む店は、通りを挟《はさ》んで、この五間堀に面していた。

本所北森下町《ほんじょきたもりしたちょう》の「鳳来堂《ほうらいどう》」は古道具屋である。古道具屋といっても由緒のあるお宝がある訳ではなく、文字通り中古の鍋釜、鉄瓶、漆器、花瓶、しみのある屏風《びょうぶ》、箪笥《たんす》、長持ち、蒲団《ふとん》等が、店の中に乱雑に置いてあるだけだ。

それでも銭のない若い夫婦が所帯を構える時や、在所から江戸に出稼ぎに来た椋鳥《むくどり》が足りない物を誂《あつら》えにぽつぽつ訪れるので、鳳来堂は夫婦二人、何んとか食べることができる。

二人の間には十歳になる長五郎《ちょうごろう》という息子がいるが、長五郎は音松の兄が営む質屋に小僧として住み込んでいた。

音松の兄の所は娘ばかりなので、いずれ兄は長五郎に自分の店を継がせるつもりでもいるようだ。お鈴もそれには賛成している。がらくた同然の物をうまい口で客に押しつける商売より、質屋の方がよほどいい。音松がおいぼれて商売ができなくなったら、お鈴はさっさと店を畳んで、長五郎の傍《そば》の裏店《うらだな》にでも入って呑《のん》気《き》に暮らすつもりだった。

七厘の様子を見に外へ出ると、お鈴の額にぽつりと雨粒が当たった。と思う間もなく、さあっと時雨《しぐれ》になった。お鈴は慌てて鍋を店の中に入れ、それから湿った煙を立てる七厘も土間口に置いた。

油障子を閉めようとした時、六間堀の方から亭主の音松が小脇に風呂敷包みを抱えて小走りに帰って来るのが見えた。音松もお鈴に気がついた様子で空いた左手を上げた。芝居の定式幕《じようしきまく》で拵《こしら》えた綿入れ半纏《はんてん》は妙に目立つ。臙脂《えんじ》と緑と黒の縞だ。

両国広小路の芝居小屋が火事に遭《あ》った時、音松は半分焼け焦《こ》げた幕を貰ってきた。音松はそれを着物に拵えてくれとお鈴に言った。

「いやですよ」

お鈴はにべもなく応えた。音松の持って来たそれは、どろどろ、ぐずぐずで、おまけにいぶったような臭いがしていた。

「おれはよう、この臙脂と緑と黒の取り合わせが滅法界《めつぽうかい》もなく好きなのよ。いつかこの柄《がら》の着物をこさえてェと思っていたが、呉服屋は、そんな反物はござんせんとぬかした。どうでもと言うなら、別に染めに出さなきゃなりやせんと続けた。幾らだと訊《き》けば、これが目の玉の飛び出るほどの値だった」

「幾らだったんですか」

「一両」

「……………」

「な？　呆れるだろ」

「酔狂《すいきょう》な客に思われたんですよ。そんな客には吹っかけるのが呉服屋の手ですよ」

「おうよ。おれもそれは承知していたから馬鹿にするないって、とっとと戻って来たが、内心じゃ諦《あきら》めがつかなかったのよ。な、お鈴。後生《ごしょう》だ、拵えっつくんな」

亭主の好きな赤烏帽子《あかえぼし》――お鈴はそんな言葉を思い出していた。だが、遠目にはよい取り合わせの柄も間近にすると、やけに縞の幅が広い。接《は》いで縫わなければならないと思った。おまけに所々破れや焦げが目につくから着物に仕立てられるかどうかも心許《こころもと》ない。

「お前さん。着物は無理かも知れないが、半纏なら何んとかなりそうだよ」

お鈴は観念して言った。

「そ、そうかい。半纏でもいいや。やってくれるかい」

「まあ、やってみますよ」

「恩に着るぜ」

音松はそう言って相好《そうごう》を崩した。

お鈴は破れや焦げを避けて丁寧に鋏を入れてから洗い張りをした。何十年、芝居小屋で使われていたものか、灰の上澄みを盛大に入れて洗うと汚れや煙草《たばこ》の脂《やに》で洗濯盥《だらい》の水は溝《どぶ》のような色になった。だが、生地は存外にしっかりしていた。洗い張りの板を外に出していると、近所の人は決まって、これは何んだと訊《たず》ねた。その度にお鈴はため息をついて仔細《しさい》を話さなければならなかった。皆、音松らしいと言った。

着物はできないこともなかったが、妙ちきりんなものになりそうだったので、お鈴は最初からそれはやめた。その代わり半纏を三枚拵えた。単衣《ひとえ》と袷《あわせ》と綿入れだ。音松の喜びようはあるものではなかった。年中離さない。お蔭で、この時から鳳来堂の音松は「幕張《まくはり》の音松」という、ありがたくない渾名《あだな》をちょうだいする破目となったのだ。

「寄り道しねェで戻って来てよかったぜ。雨に降られるところだった」

音松は激しく降る雨の音に耳を傾けながら七厘の火に手をかざして言う。ついでに鍋の中も覗いた。

「でエこか、こいつはいいな。お鈴、今夜は一本つけてくれよ」

子供のように笑った。童顔は三十三にもなるのに、十歳《とお》も若く見える。五つ下のお鈴を姉《あね》さん女房かと思う者もいるほどだ。

「その包みは何んですか」

お鈴は音松の傍《かたわ》らにある風呂敷包みに眼を向けて訊いた。

「これか？　聞いて驚くな。織部《おりべ》よ」

音松は得意そうに応えた。

「どうしてそんなものを」

「長の様子を見に兄貴の所へ寄った帰りにな、喰い詰めた浪人者が道端に茣蓙《ござ》を拡げて道具を売っていたんだ。大抵はがらくただったが、一つ、様子のいい茶碗が目についた。様子がいいのも道理、織部だったという訳よ。幾らだと訊けば一分だと言いやがる。あいにくこちとら、そんな銭はねェ。財布の底をはたいても四百文しかねェ。帰りの舟賃までうっちゃって、これで勘弁しつくんなと言えば、渋々、うんと言いやがった。箱はねェのかと訊くと、そこら辺にあった物をつけてよこした。まあ、桐の箱で紫の紐もついていたから、これでもいいやと思って入れてきた」

「四百文なんて、よく持っていたねえ」

お鈴が意外そうに言うと音松は首を竦《すく》めた。

「この間、賭場でちょいといい目を見たからよう」

「また、お前さん！」

お鈴の声が尖《とが》った。今までどれほど博奕《ばくち》で痛い目に遭っているかわからない。性懲《しょうこ》りもなく、まだ賭場に顔を出しているのかと思うと腹が立った。

「怒るなって。もう馬鹿はやらねェからよ。長も、親父、しっかりしろよ、おっ母《か》さんを泣かすなよと心配していたからよう」

「長、元気だった？　風邪を引いていなかった？」

途端にお鈴は吊り上げた眉を元に戻した。

「ああ、義姉《ねえ》さんの躾《しつけ》がいいもんだから、もはや一丁前よ。店に来る客も長五郎さん、長五郎さんと、下にも置かねェ様子だ。まだ手代《てだい》にもなっていねェ小僧をよ」

「ついでにその茶碗、見て貰えばよかったのに」

「べらぼうめい。おれだって伊達に道具屋はしていねェやな。こいつは間違いなく本物よ。恩田《おんだ》様にでもお買い上げいただく魂胆よ。それが駄目でも他に幾らも客はいらァな」

言いながら風呂敷を解いた。恩田様とは秋田佐竹藩に仕える留守居役次席の初老の男のことだった。非番の折に時々、鳳来堂に顔を出す。

古びた桐の箱から現れた茶碗は茶席で使われるもののようだった。

織部焼の特徴は、鮮やかな緑色があしらわれていることだ。もしも本物なら大変な掘り出し物になる。お鈴は、音松がその緑色に惑わされたのだと思った。色に過剰に反応する質《たち》だからだ。

古田《ふるた》織部は織田信長、豊臣秀吉に仕えた武将で、千利休《せんのりきゅう》の高弟でもあったほどの茶人である。織部焼、織部灯籠《とうろう》もまた有名だった。

織部は関ヶ原の戦で徳川方についたが、大坂の陣で豊臣方に内通した嫌疑を受け切腹の沙汰を受けている。不幸な曰《いわ》くが織部焼をなおさら美しく見せるのだろうか。お鈴にはわからない。だが、音松は顔を綻《ほころ》ばせて茶碗をうっとりと眺めているばかりだった。

二

晩飯刻《どき》になると、決まって来客がある。

皆、音松の子供の頃からの友人で、もてなしたところで、さっぱり見返りが期待できないゴミ立て客だ。お鈴が露骨にいやな顔をしても屁とも思わない。酒屋「山城屋《やましろや》」の房吉《ふさきち》、駕籠《かご》舁《か》きの徳次《とくじ》、六間堀で料理茶屋「かまくら」を営んでいる勘助《かんすけ》の三人で、房吉と勘助はともかく、徳次のあつかましいのには、ほとほとお鈴は手を焼いていた。まあ、後の二人は一応、主《あるじ》としての立場があるから、さほどしみったれた面は見せないが、徳次は一介の職人である。小遣いもままならない。それは承知しているから、お鈴もうるさいことは言いたくないのだが、この徳次が一番わがままなのだ。

その夜も大根につける柚子味噌に文句を言った。

「おかみさん。柚子なんざ入れねェで、普通の甘味噌か胡麻《ごま》味噌にすりゃあよかったに。おれは柚子の匂いが真実きれェだ」

「あら、それはおあいにくさま。辛子で召し上がって下さいましな」

お鈴は、むっとして言った。

「おいらは好きだな。この柚子味噌は、うちの板前が作るものよりよほど上等だよ」

勘助はお世辞でもなく言う。料理茶屋は夜がかきいれ時だというのに、座敷に入った客にちょいと挨拶《あいさつ》すると、後は女房のおすみに任せて、すぐに見世《みせ》の外へ逃げ出してしまう。房吉もそうだ。何しろ酒屋なので、五つ（午後八時頃）まで店は開けているのだが、晩飯を喰い終わると、これも女房のおたえと母親のおせつに任せて飛び出して来るのだ。まあ、酒の徳利《とっくり》を抱えて来るだけでも感心と言わなければならないだろうが。

　徳次だけが独り者だが、徳次は今まで三度も女房を替えているというつわもので、独り者でいるのも、ここ少しの間だろう。見ようによっては苦味走ったいい男と言えないこともないが、あつかましさが鼻についてお鈴は意地でもそう思いたくない。

「お鈴さんはお菜を拵えるのがうまいよ。うちの嬶《かか》ァは、あれこれ作らねェ。煮物なら丼《どんぶり》にどーん、魚なら大皿にどーんだ。それを餓鬼どもが争って喰うんだから、まるで火事場の炊き出しだァな」

　房吉には子供が五人もいて、おたえの腹には六人目が入っているという。

「房さん、少しはおたえさんのことも考えたらどうですか。お子達の世話だって並大抵じゃないのですから」

　お鈴は大根のお代わりを小丼によそいながら窘《たしな》めた。

「おれは餓鬼なんざ、そんなに好きじゃねェのよ。ところが次から次と生まれる。全く、どうにかしてほしいもんだ」

房吉は心底くさくさした表情だった。

「そんな罰当たりな。今は大変でも大きくなってごらんなさいな。ずらりと息子さんや娘さんが揃《そろ》っているところは頼もしいものですよ」

お鈴は房吉が羨《うらや》ましい。長五郎が家からいなくなって、夫婦二人だけの暮らしは、どこかうら寂しかった。もう一人子供がいたらと、どれほど思ったか知れない。

「房吉よう、お前ェ《め》、あの時、中出しするのがいけねェ。吐き出す前にちょいと腰を引いて表に出しゃよかったに。そうすりゃ餓鬼はできねェ」

徳次は余計なことを言う。房吉は真顔になり、「徳次、あの前に腰を引く？そいじゃ、中途半端な気分にならねェか」と訊いた。

「慣れりゃ、どうということもねェ」

「慣れか」

「んだ。慣れだ」

「ほ、この竿師《さおし》」

音松がからかう。だいたい男が三人寄れば、決まって助平話になる。お鈴はもう何んとも思わないが、所帯を構えた当時は、いやでいやでたまらなかった。あの人達を寄せないで、と金切り声で叫んだこともあった。思えば自分もずい分若かった。

鳳来堂は音松の父親が開いた店で、当時は結構な品物も置いていた。高名な絵師による掛け軸や五十両は下らない刀剣、古伊万里の大皿などが上品に並べられていたものだ。

客も大店《おおだな》の主やら高禄の武士等であった。

音松は三人兄弟の末っ子だった。長男の竹蔵《たけぞう》が父親の知人の勧めで質屋に奉公に出、次男の梅次《うめじ》は算盤《そろばん》が達者だったので両替屋に奉公すると、家に残ったのは音松だけになった。

父親は音松もどこかのお店に奉公させるつもりでいたが、どこも音松はいらないと断られた。暇さえあれば湯屋の二階で仲間とつるみ、賭場にもちょいちょい顔を出しているような怠け者は誰も雇いたいと思わない。

お鈴も六間堀にある湯屋「大黒湯《だいこくゆ》」の前を通る時、二階から下卑《げび》た言葉で何度か、からかわれたことがあった。

「あんな男は相手にするんじゃないよ。どんな目に遭うか知れたもんじゃないよ」

お鈴の母親は念を押した。お鈴もこくりと肯《うなず》いた。お鈴の父親は幼い頃に亡くなり、母親は呉服屋から回ってくる賃仕事をして暮らしを立てていた。お鈴も年頃になると母親と同じように仕立て物の仕事をするようになった。

その頃、お鈴は仕事を回してくれる呉服屋の手代と将来を言い交していたが、母親にはまだ打ち明けていなかった。

店座敷で器用に反物を丸める手代の姿を見ているだけでお鈴は胸がいっぱいになっていたものだ。

ところが、いつの頃からかその手代の様子が変わってきた。店に仕立て物を届けると、そっとお鈴の傍にやって来て、どこそこの蕎麦屋で待っていろとか、汁粉屋にいろとか言っていたものが、さっぱり声を掛けなくなった。おかしい、おかしいと思っている内、手代が水茶屋で知り合った女と深い仲になっているという噂を聞いた。

今なら、そんな薄情な男、熨斗《のし》をつけてくれてやると啖呵《たんか》も切れるが、お鈴はまだほんの十七の小娘だった。切ない思いで胸が張り裂けそうだった。何んでもするから、後生だ、あたしを捨てないで。追い掛けて縋《すが》って泣いた。手代はお鈴がそれまで見たこともなかった冷たい表情で、お前のようなくそおもしろくもない女はたくさんだと吐き捨てるように言った。男の気を引くために着物も買い、化粧にも工夫を凝《こ》らした。可愛いと思われたくて、あどけない言葉も遣った。それなのに、くそおもしろくもないと言われた。目の前が真っ暗になった。

思えば相手の男もその頃は二十歳。祝言を挙げるまではふしだらなことはしないと言っていたお鈴よりも、手っ取り早く欲望を満たしてくれる女の方に靡《なび》いたのだ。

もののふた月ほど、お鈴は腑《ふ》抜《ぬ》けのようになった。手代はそれからほどなく店を辞め、女の許へ走った。

音松もその頃、あまりいいことは起きていなかった。頼りの父親が中風に倒れ、鳳来堂を任されたものの、相変わらず商売に身が入らず、博奕からも足が洗えなかった。その内に賭場で大負けした金が払えず、とうとう店にあっためぼしい品物は洗いざらい取られてしまった。父親が一年寝ついたまま亡くなると、母親も後を追うように半年後に亡くなった。二人の兄は、お前が両親を殺したと詰《なじ》った。音松は返す言葉もなかった。

お鈴の母親は音松の母親と顔見知りだった。頼まれて着物を縫ったこともあるという。

だが、音松の母親が亡くなったことを、お鈴の母親はしばらく知らずにいた。ようやくそれを知ると、義理堅いお鈴の母親は香典を届けておくれと、お鈴に言った。お鈴の母親は急ぎの仕事が入っていたので、手が離せなかったのだ。お鈴は渋々、五間堀へ向かった。

がらんどうのようになった鳳来堂には誰もいなかった。出直そうと思って外に出ると、音松が五間堀に向かって立ち小便をしているのに気づいた。何んだってそんな所でそんなことをしなければならないのかと思った。

お鈴は音松が用を足して振り向くまで待っていた。着物の前を直した時、音松の身体がぐらりと揺れた。慌てて近づいて腕を支えた時、お鈴は思わず悲鳴を上げた。音松の顔はさんざん殴られて青膨れし、片目は塞《ふさ》がっていた。

お鈴は震える声で訊いた。

「いったい、どうしたんですか」

「お鈴さん……」

意外にも音松は自分の名を覚えていた。それに驚くより傷の手当てが先だった。

引き摺《ず》るようにして鳳来堂に連れて帰ると、お鈴はかいがいしく冷たい手拭いで汚れた顔を拭い、それから塗り薬をつけてやった。

「賭場の奴等、今まで儲《もう》けさせてやったのに、こんなことをしやがる。恩知らずだぜ」

音松は弱々しい声で言った。

「あんた、店の物を洗いざらい取られて、お父っつぁんとおっ母さんも亡くなったっていうのに、まだ目が覚めないの？　この親不孝者！」

お鈴は怒鳴った。今まで男に対してそんな態度に出たことはなかった。いつも可愛い女、しとやかな女をきどっていたからだ。

だが、音松を怒鳴って、自分の何かが弾《はじ》けた気がした。そうだ、あたしに女々しいそぶりは似合わない。あたしはしっかり者で、何んでもずばずば言う女なのだと。

「おれはよう、もうどうなってもいいんだ。のたれ死にしたって構わねェ」

音松は弱音を吐き続けた。

「何言ってるの。品物はなくても店は残っているじゃないの。あんたのがんばり次第で、また商いは続けられる」

「へ、どうやって」

「その気になれば何んだって売れるものよ。壊れた鍋でも破れ傘《やれがさ》でも拾って来て並べたらいいのよ」

「繕《つくろ》ってきれいに磨《みが》いてか？」

「そうよ」

「女房みてェな口を利くよ。ついでだ、おれの女房にならねェか」

咄嗟《とっさ》のことにお鈴は言葉に窮《きゅう》した。そんなお鈴に音松は低く笑った。

「んなことはできねェよな。こんな一文なしのおれじゃ。冗談だよ」

「気が弱っているからそんなことを言うのね」

お鈴はようやく口を開いた。

「いいや。大黒湯の二階から、いっつもあんたを見ていた。小ざっぱりした恰好できれえだった。こんな人が嫁になってくれるんなら、どれほど嬉しいだろうと思っていた」

「そう、そんなふうに思っていてくれたの」

お鈴も音松の気持ちが素直に嬉しかった。

「だが、おれのような者にまともな女は来ねェだろうと最初《はな》っから諦めていた」

「あんたは友達が悪いのよ。遊ぶ時はいいけれど、落ち目の三度笠になったら誰も寄りつかないじゃないの」

「何んでェ、落ち目の三度笠たァ」

「ごめんなさい。あたし時々、変なことを言うくせがあるの」

「おかしな女だぜ。だが、おれのダチはそんな薄情じゃゃねェぜ」

「だったら、どうしてここへ慰めに来てくれないの？」

「おれのことを心底気の毒だと思っているからよ。音松、元気を出しな、なんて気の利いたことは言えねェ。その前に土砂降りの雨みてェな涙をこぼしやがる。おれがとこへ来ねェのは手前ェの涙を見せたくねェからだ。お父っつぁんの弔いの時もおっ母さんの時も、奴等、とうとう俯《うつむ》いたままで、おれの顔をまともに見やがらねェ。おれと眼を合わせるのが辛かったのよ。おれが居酒屋でおだを上げるほど陽気になりゃ、安心して傍に来るんだ。そういう奴等なんだ」

友達のことを話す時、音松の口吻《こうふん》はなぜか熱を帯びて感じられた。音松は友達が好きなんだとしみじみ思った。

「三年ほど前まではダチと酒がありゃ、女もいらなかった。だが、こんなていたらくになると、優しい言葉を掛けてくれる女がいたらいいと思うようになったぜ。

ま、いまさら気がついても遅いがな」

「そんなことない。あんたはまだ若いのだもの。幾らでもやり直しが利く」

「へん、お愛想は言うない」

「本当よ、本当だってば」

力んでそう言ったお鈴を音松は腫《は》れた眼でじっと見た。

「あんたが傍にいてくれるんなら、考え直してもいいぜ」

お鈴はすぐに「あいよ」とは応えなかったが、その日から何かと音松の面倒を見るようになった。お鈴の母親が気がついた時は、お鈴の腹に長五郎が宿っていた。そうなると母親は反対することもできず、渋々、祝言を挙げることを許してくれた。

三

お鈴と所帯を持ってから音松は変わった。

何しろ女房と生まれて来る赤ん坊のために銭を稼がなければならない。

音松はそれこそ、道に落ちていた空き樽《だる》さえ拾って来て店に並べた。古くからの客は離れたが、その代わり、新しい客がついた。たまに、ほんのたまに思わぬ掘り出し物が出て潤うこともあって、鳳来堂は以前の八割がた勢いを取り戻した。音松が言っていたように友人達は自然に戻って来た。なぜか音松が所帯を構えると、後の連中もばたばたと身を固めた。

女房を持ち、子供の親になっても音松も友人達も気持ちは以前と全く変わっていなかった。

相変わらず飲む時や遊ぶ相談は即座についた。日に一度は顔を見なけりゃ気持ちが収まらなくて、友人達は、せっせと鳳来堂に通《かよ》って来るのかも知れない。

「ところでよ、勘ちゃん。ちょいといい茶碗が手に入った。骨董好きの客でもいらねェだろうか。織部だぜ」

音松は酒のついでに勘助に持ち掛けた。

「織部なんざ、町家にあるかよ。あれは大名道具だ」

勘助は埒《らち》もないという顔で応える。

「そこよ、そこ。ある所にはあるのが、こちとらの商売だ」

「長に見て貰ったかい」

勘助はお鈴と同じことを言った。

「いいや、まだだ」

「なら信用できないね。折り紙（鑑定書）がついてからまた話を聞くよ」

「何んでェ。おれよりも長の方を信用するのかい？」

音松は不服そうな顔で勘助を見る。

「質屋の小僧の修業はどんなものか、お前だって知っているだろうが」

最近、肉がついてきた勘助は二重顎《あご》をぐっと引いて応えた。

「本物を見せて目を養うこったろう？　おれだって知ってらァな」

「あい、その通り。菱屋《ひしや》の兄貴もそのやり方で長を鍛えている。あすこの店は客種がいいから上等な物が集まっている。長はまだ奉公して一年だが、そこそこ目利きだぜ」

菱屋は浅草広小路にある音松の兄の店だった。兄の竹蔵は先代に見込まれて菱屋の婿《むこ》に迎えられたのだ。今は晴れて主に直っている。

「ひと月前にお前ェの兄貴が同業の旦那を連れて、おいらの見世に揚《あ》がった。その時、長が伴《とも》をして来た。長の奴、兄貴にかまくらを使ってやってくれと口を利いたそうだ。おいら、ありがたくて涙が出そうになったぜ」

「へえ、洒落たことを言う奴だなあ」

音松もわが息子ながら感心した。

「お蔭で相手の旦那にも気に入って貰ってな、帰り際に、今度何かあったら使わせてくれとまで言ったよ。これで贔屓《ひいき》の客が一人増えたわな。で、兄貴と旦那が座敷で話をしている間、おいら、内所《ないしょ》（経営者の居室）に長を呼んだのよ。その時、驚くじゃねェか。内所の調度品の銘《めい》をすらすらと並べたんだぜ。掛け軸の絵は文晁《ぶんちょう》（谷文晁）の作で、花入れは古備前、姿がいいですねえとまでぬかした。大したもんじゃねェか」

勘助は手酌で酒を注《つ》ぎながら続けた。

「長もしっかりしてきたな。菱屋に入ったばかりの頃は道に迷って泣きべそかいていたのによう」

徳次が思い出すように口を挟んだ。

「そんなことがあったんですか」

お鈴は初耳だったので驚いた。

「あれは去年の今頃のくそ寒い日だった。神田辺りで使いの帰りの長に出くわしたのよ。おれはちょうど客を下ろしたところだった。長、どうしたって訊けばよう、地獄で仏《ほとけ》に逢ったみてェな顔でにこっと笑い、小父さん、道に迷ったと、こうだ。よほど心細かったんだろう。まん丸い眼が濡れていたぜ。馬鹿野郎、おたおたするないって怒鳴り、どうせ戻り駕籠だ、乗って行けってんで、乗っけて菱屋まで届けたのよ」

「徳次さん、お世話になりました」

お鈴は恐縮して頭を下げた。

「いいの、いいの、そんなことは」と徳次は鷹揚《おうよう》に言い、ついでに「おかみさん、徳利が空だよ」と催促した。すぐに図《ず》に乗る男だ。

お鈴は慌てて台所へゆき、徳利に酒を注いだ。

「長は音松に似ねェしっかり者だ。これはあれだな、鳶《とび》が鷹《たか》を生んだってんだろう」

房吉の褒《ほ》める声も聞こえる。お鈴の胸は嬉しさで暖かかった。

さっきまで軒先を伝う雨の音が耳についていたが、どうやら上がったらしい。煙抜きの窓をひょいと開ければ、丸い月が中天にあった。さて今夜は、いつお開きになることやらとお鈴は思った。

音松は織部の茶碗の落ち着き先をあちこち探したが、色よい返事はどこからも貰えなかったらしい。だが、菱屋に行って長五郎に見せることはしていなかった。

親父の沽券《こけん》にかかわるとでも思っていたのだろうか。あるいは日が経《た》つ内に、どうも偽物《にせもの》のような気もしていたのかも知れない。店座敷の棚に箱ごとぽんと置くと、それきり茶碗のことは忘れてしまったようだった。

四

地廻りの岡っ引きが鳳来堂に顔を出したのは、霜月《しもつき》も晦日《みそか》近くになった頃だった。

岡っ引きの虎蔵《とらぞう》は時々、鳳来堂を訪れる。こそ泥は盗んだ品物を質屋や道具屋に曲げることが多いので、何かあった時には聞き込みをしなければならないのだ。

虎蔵は鳳来堂に入って来るなり「相変わらずがらくたばかりだな」と嫌味を言った。

「がらくたで悪うござんした」

お鈴も負けてはいない。虎蔵は四十五、六で鬢《びん》に白いものが目立つ。女房に水茶屋をやらせ、息子には飲み屋をやらせて羽振りのよい男だった。

「幕張はいるかい」

「あいにく外に出ております。親分、何かございました？」

「ああ」

言いながら唐桟《とうざん》の羽織の裾をめくって店座敷の縁《ふち》にひょいと腰掛けた。

「半月ほど前に喰い詰め浪人が深川で空き巣を働いたのよ。銭はさっぱりなかったもんで、奴さん、そこら辺にある物を掻き集めて道端で売り捌《さば》いた。運の悪い野郎で、よりによって、空き巣に入った家の者がそこを通り掛かり、これは家のもんだと大騒ぎになってよ、すぐにとっ捕まった」

「まあ……」

「てェした罪にゃならねェ。せいぜいが敲《たたき》ってところだろう。ところがそこの家の者は、とんでもねェ、家宝の茶碗がねェとわめいた。聞けば先祖が旗本の殿様からいただいたご大層なもんだったらしい。浪人は忘れているんだか白《しら》を切っているんだか、そんなもんはなかったと突《つ》っ張《ぱ》る。念のため、あちこちと聞いて廻っているということだ」

お鈴は音松が持って来た織部の茶碗ではないかとピンときた。しかし、あっさりと、はいそうですすと応えたら、茶碗はそのまま持っていかれ、音松が支払った四百文は戻らない。

空き巣に入られた家には気の毒だが、こっちだって損をしてまで返すほどお人好しではなかった。せめて四百文は貰いたいと思った。

「深川の何んというお人ですか。うちの人が帰って来たら訊いてみますので」

お鈴はさり気なく言う。

「佐賀町のな、仕舞屋《しもたや》だ。佐野屋藤吉《さのやとうきち》という男だ。隣りは下駄甚《げたじん》という履物屋だからすぐにわかる。昔は手広く油屋をやっていたそうだ。今は年寄り夫婦しかいねェ。いっつも二人して芝居見物やら寺参りをして留守がちな家だったそうだ」

「そうですか。もしも品物に心当たりがあった時は親分にお知らせしますよ」

お鈴は如才なく言って虎蔵を帰した。店座敷の棚に、その茶碗を入れた箱が置いてあるのには気づかれなかったようだ。

音松はそれから小半刻《こはんとき》（約三十分）ほどして大八車《だいはちぐるま》をがらがら言わせて戻った。

慌てて外に出ると、大八車には臼《うす》と杵《きね》がのせられていた。

「どうでェ、いい出物だろ？　これから正月の餅を搗《つ》きてェと思う客がきっといるはずだ」

「お前さん。そんなことより、あの織部の茶碗はどうやら盗品だったらしいですよ」

「何んだって」

顔色が変わった。お鈴は虎蔵から聞いた話をした。

「そうけェ、そんなことかい。仕方がねェな。向こうさんにお返しするしかねェだろう」

「だって四百文をどうするんですか」

「盗品だと気づかなかったのは、こっちの落ち度だから諦めるしかねェ」

「その前にどこかに売り払ったらどうだえ」

お鈴は大胆なことを言った。四百文を無にすることがどうしても悔しかった。

音松はそう言ったお鈴を哀れむような眼で見た。

「倅《せがれ》がいずれ質屋の主になろうってのに、母親がそんな了簡《りようけん》じゃいけねェなあ」

「だって……」

「ばれた時はお前ェもおれも後ろに手が回るぜ。長を咎人《とがにん》の倅にしていいのか」

音松は珍しく声を荒らげた。そうだ、そうだった。自分達は長五郎の親だ。親の勝手で可愛い息子の将来を汚してはならない。

「たかが四百文、屁でもねェ。けちな道具屋をしていても心は錦《にしき》だァな。な、お鈴、諦めな」

「わかりました」

「おっ、いい返事だ。どれ」

音松はにッと笑って臼と杵を店の前に置いた。この不景気に臼と杵を買って餅搗きするような羽振りのよい客がいるのだろうかと内心では思っていた。

音松はひと息入れると、織部の茶碗を風呂敷に包み深川へ向かった。

お鈴は七厘を出して晩飯の仕度に掛かった。

豆腐屋で買ったがんもどきを油抜きしてから醤油と砂糖と酒で煮付けるがんも煮である。

ぐつぐつ煮立ってくると、五間堀の通りには、またいい匂いが漂った。

火加減を見ながら、お鈴は恥ずかしい思いに捉《とら》えられた。四百文が惜しくて、ない知恵を絞り、あれこれ頭を悩ませたことを後悔していたのだ。

――いい年増《としま》が何やってんだか。

お鈴は自棄《やけ》のように吐き捨てて渋団扇《しぶうちわ》をばたばた扇《あお》いだ。五間堀から吹きつける風が妙に身に滲《し》みると思ったのも道理で、ぱらぱらと白いものが落ちて来た。

「ああ、雪だ」

立ち上がり、空を見上げた。すると通り過ぎる人々もつかの間、足を止め、曇った寒空を同じように見上げていた。

その夜、鳳来堂にやって来たのは酒屋の房吉だけだった。勘助は季節柄、どうしても見世を空けられない事情でもできたのだろう。徳次は駕籠舁き人足が怪我をしたとかで、夜の番に回されると前々から言っていた。

二人がいないせいでもないだろうが、音松の表情は浮かなかった。

房吉が伊丹《いたみ》から届いた極上の酒を持って来たというのに、盃も進まなかった。

「ほら、お前さん、もう少しお飲みなさいな。せっかく房さんが持って来て下さったんですから」

お鈴は見兼ねて言った。

「いいんだ、おかみさん。こいつは時々、こんなふうになるんだ。可愛がってくれた祖父《じい》さんが死んだ時は蒲団にもぐり込んだまま出て来なかったもんだ」

「そんなことがあったの」

お鈴は俯きがちになっている音松の顔をそっと見た。

「徳次の家が火事になった時もそうだった。焚《た》き付けみてェな家がめらめら燃えるのを見て、こいつは火消しの奴等に何してやがる、早く消さねェかと怒鳴ったもんだ。餓鬼はすっこんでろって突き飛ばされたが、そんなことじゃ収まらねェ。家の中には年寄りの親父とお袋がまだいたんだ。こいつは泣きわめいて手がつけられなかった。無理もねェ、目の前で人が焼け死んだんだからな。あれで徳次はふた親と姉二人を亡くした。考えてみりゃ、徳次も可哀想な奴よ。何事もなけりゃ、親父の許で剃刀《かみそり》師《し》の修業を続けられたんだ。あいつの親父はいい仕事をした。近所の髪結床《かみゆいどこ》じゃ、未だに徳次の親父がこさえた剃刀を使っているぜ」

徳次の両親が火事で死んだことは以前に音松から聞いたが、音松がその現場に居合わせたことまでは知らなかった。音松がどれほど衝撃を受けたかは、お鈴にも察しがつく。

「剃刀は手間の掛かる仕事だ。昔、徳次の家に遊びに行くと、親父が手拭いを鉢巻きにしてよう、真っ赤になった鋼《はがね》を金槌で叩いていたな。おれは冬に行くのが好きだった。いっつも火を使うから温《ぬく》かった」

音松は遠くを見るような眼で言った。

「徳次のお袋は漬け物の名人でよ、おれ達が遊びに行くと、決まって沢庵を山盛りにして出してくれたよな。あれはうまかったもんだ」

音松がそう続けると、房吉は相槌《あいづち》を打った。

「んだ、うまかった」

「おれは徳次の親父の仕事を見るのも好きだった。鋼を焼いて叩いて、別の鋼をくっつけて、銘を入れて磨いてよ、恐ろしく手間が掛かった。もう終わりかと訊くと、決まってまだまだと応えた。だからおれは剃刀ができ上がるところを一度も見たことはねェのよ。いってェ、どれほどの手順があったもんか」

「五十はあったんじゃねェか。焼き直しとか、刃を入れるとか、磨きにも手間が掛かっていたようだからよ。ひと仕事終わって、剃刀を挟んでいたやっとこを傍の水桶《みずおけ》に入れるとよ、じゅっと景気のいい音がしたよな。あれは胸がすっとしたぜ」

「それでいて、でき上がった剃刀の値は驚くほど安かった。貧乏していた訳だ」

「世の中は理屈に合わねェ事が多いな。真面目に稼いでいるもんが、いい目を見

ると は限らねェ」

　房吉は、しみじみと言う。

「今日はよ、深川に行ってきた」

　音松はようやく深川の話を持ち出した。お鈴はほっとして、「それでどうでした」と訊いた。

「元は羽振りのいい油屋だったんだろうが、すっかりさびれて、年寄りの夫婦二人が縮《ちぢ》こまったように暮らしていたぜ。おれが茶碗を返してやると涙をこぼして喜んだ。その家で目ぼしい物は、その織部の茶碗だけになっちまったからよ」

「息子さんや娘さんはいなかったんですか」

「皆、親不孝者ばかりで、寄ってたかって親の財産を喰い潰したらしい。おれはそれを聞いて胆《きも》が冷えた。おれも同じ穴のむじなだってな」

「………」

「そいで、先のことを夫婦は考えて、残っているもんは自分達できれいさっぱり遣ってしまおうと決心したらしい。お伊勢参りに大山詣《おおやまもうで》、芝居見物と物見遊山三昧だった。いよいよ無一文になったら手と手を取り合って死出の道行きをする覚悟だと寂しそうに言った。聞いてて心底切なかったぜ」

「茶碗、戻してよかったですね。寿命が少しでも伸びるというものですよ」

お鈴も心からそう思った。

「あの茶碗はいい客を見つければ、百両、いや二百は下らねェ代物《しろもの》らしい。うまく行けば死ぬまでのうのうと暮らせるわな。おれもほっとした」

「本当にそうね」

お鈴はつくづくお先走ったことをしなくてよかったと思った。

「な、おかみさん。音松はこういう奴なんだ。だからおれもつき合えるってもんだ。飲も、音松。飲も」

房吉は上機嫌で徳利の酒を勧めた。お鈴も盃に一つだけお相伴させて貰った。温《あたた》かい酒はすぐにお鈴の足をほてらせた。

雪はその夜、ひと晩中降り続き、房吉はとうとう泊まることになってしまった。

五

大晦日の夜中に音松の息子の長五郎は一日だけ休みを貰って五間堀に戻って来た。

お鈴が張り切っておせち料理を作った甲斐《かい》があったというものだ。

菱屋から貰った小遣いは、そのままそっくりお鈴に渡してくれた。

「だって、お前も色々遣うこともあるだろうに」

そう言うと、自分は子供だから、さほど銭はいらないと、泣かせるようなことを言った。

お鈴はそれを神棚に供《そな》えた。長五郎が所帯を持つまで貯《た》めておこうと思っている。

親子三人で近所の稲荷に初詣に行き、戻ってからお鈴は蕎麦を茹でた。時刻のずれた年越蕎麦である。蕎麦は、おせちを拵える合間に打っていたものだ。

長五郎はおっ母さんの蕎麦が江戸で一番うまいと持ち上げて、お鈴は身の置き所もないほど嬉しかった。

「師走の半ばに、すごい物が菱屋に持ち込まれたんだ」

長五郎は蕎麦をたぐりながら音松に言った。

「へえ、どんな物だ」

「織部の茶碗」

途端、音松の手が止まった。そっとお鈴を見る。お鈴も目顔で肯いた。

「旦那さんは、そんな品物が町家にあったことに驚いていた。いかほど必要かと訊いたら、いや、これは質草にするのではなくて、できれば買い取って貰いたいとお客さんは言ったんだ」

「長、菱屋の義兄《にい》さんは、それを承知したのかえ」

お鈴は意気込んで訊いた。前髪頭の長五郎は利発そうな眼をつかの間、しばたたいた。

菱屋の主は長五郎にとって伯父になるのだが、奉公して一年も過ぎると、もはや伯父さんとは言わない。旦那さんである。お鈴は長五郎が大人の世界に足を踏み入れていることを、その言葉遣いから感じた。

「買い取りって、うちの店では滅多にやらないんだ。旦那さんは、手前どもは細々と商いをしておりますので、お客様のお望み通りの額は融通できませんと応えたんだ」

長五郎は蕎麦を食べ終え、ほうじ茶を啜りながら続けた。

「そうだよねえ。本当の織部なら百両も二百両もするんだろ」

「お客さんは百両で手放したいと言ったんだよ。だけど、うちの店はそんなにお金は出せないよ。品物を担保にして利鞘《りざや》で稼いでいる地味な商売だからね」

「長、話がまどろっこしいぜ。結句、兄貴は織部を引き取ったのか、引き取らなかったのか、さっさと喋んな」

音松はいらいらしたように話を急《せ》かした。

「引き取った」

「幾らで」

音松とお鈴の声が重なった。

「五十両だよ。客は少しがっかりしたみたいだけど、他にあてもなかった様子で承知した。でね、即金で支払おうとすると、自分達は年寄りだから、家の中に大金を置いていると泥棒に狙われるから、毎月、一両ずつちょうだいしたいと言ったんだよ。旦那さんは感激して、五十両に色をつけて五十三両にしたんだよ」

「五十三両か……」

年寄り夫婦の余生の暮らしがその金で間に合うものか、音松にもお鈴にも見当がつかなかった。

「いい茶碗だったなあ。あの緑色のあしらいが何んとも言えねェほどよかった」

音松は思い出して、しみじみと言った。

「うん。落ち着いて上品な茶碗だったね。緑色がすがれたような感じになっていたのも本物らしくてさ……あれ、お父っつぁん、あの茶碗見たことあるの」

長五郎は音松の言葉に不思議そうな顔をした。

「その茶碗ね、先月までうちの店にあった物なんだよ。お客さんの家に空き巣が入ってさ、お父っつぁんはそうとは知らず、空き巣から四百文で買って来たんだよ。だけど、盗品らしいと気づいて、わざわざ深川まで返しに行ったのさ。だから四百文はうちの損になるの」

お鈴はため息混じりに言った。長五郎はしばらく黙って思案顔をしていた。

「お父っつぁんはその前に品物をどうにかしようとは思わなかったのかい」

長五郎は音松に訊いたが、試しているような感じではなかった。

「盗品とわからない内は勘助に持ち掛けたり、恩田様がお越しになるのを待っていたよ。ところが勘助は長に折り紙をつけて貰わない内は話に乗らねェとほざくし、恩田様はお務めが忙しいのか、さっぱり現れねェ。その内に茶碗のことなんざ、忘れちまっていたのよ」

「もしも知らずに売っていたら、奉行所から呼び出しを喰らって、一筆書かされて、仕舞いには信用も落としているところだった。お父っつぁん、四百文で済んだんだから不幸中の幸いと思わなきゃ」

長五郎の言葉にお鈴も短慮な事をしなくてよかったと改めて思った。

「そうだな。しかし、こういうことになるんだったら、その前に一度ぐらい、あの茶碗で茶を点《た》てて飲んでやるんだった」

「うわ、手が滑って傷でもつけたらどうするんだよう。そういう考えは持ってほしくないな」

「生意気になったぜ、手前ェ」

音松は含み笑いをしながら言った。

「さ、お蕎麦はもういいね。そろそろ寝ようじゃないか。長、久しぶりにぐっすりお休み。昼まで寝てていいよ」

お鈴は炬燵《こたつ》の上を片付けながら言った。

「いや、少し寝るけど、手習所《てならいどころ》の仲間と初詣に行く約束をしているんだ。それからカルタをする。目一杯遊ぶんだ」

長五郎は張り切って言った。

「お父っつぁんとそっくりだね、友達とつるんで遊ぶところは」

「お父っつぁんの友達は子供の時からずっと一緒なんだろ？　いいよな、そういうの。だから、おいら、皆んなにも言ってるんだ。たとい、どんなことがあってもずっと友達でいようぜって。皆んなで倖せになろうぜって。お父っつぁんや山城屋の小父さんや、かまくらの小父さんみたいにさ」

「もう一人いるぜ」

「もちろん、駕籠屋の小父さんもさ」

長五郎は「ごちそうさま」と低く言って、自分の部屋へ引き上げた。

「皆んなで倖せになろうぜだとよ。お鈴、おれ達は倖せなのかい」

音松は長五郎が引き上げるとお鈴に訊いた。

「倖せじゃないか。年中集まってお酒を飲んで馬鹿話に興じてさあ。先のことなんざ、露《つゆ》ほども考えちゃいない。ま、そんなふうに浮かれて一生が終わるんなら、これ以上のことはないですよ」

「浮かれているたァ、何んだ。おれはちゃんと仕事をしているぜ」

「はいはい。口が過ぎましたよ。臼と杵は売れなかったけど、ちゃんとお正月は迎えられた。ありがたいこと……」

そう言うと音松はつるりと月代《さかやき》を撫で上げた。今に売れるって、と蚊の鳴くような声が聞こえた。磨き上げた台所には翌朝食べる雑煮の鍋が置いてあった。

人並みにお正月を祝えることが何より倖せだとお鈴は思う。

織部の茶碗でご大層に茶を飲む暮らしができなくても一向に構わない。そう思いながらも、音松がうっとりとなった茶碗の美しさをお鈴は脳裏に浮かべていた。あの緑色はきっと意味のあることなのかも知れない。織部は茶人だと聞いているから、それは茶室から眺めた松の緑の色でもあっただろうか。織部の茶碗のことを考えて床に就《つ》いたせいか、お鈴は豪勢な織部尽くしの夢を見た。

織部の飯茶碗、織部の皿、織部の丼に織部の湯呑。おかしいことに厠《かわや》のきん隠しまで織部だった。

きゃあ、お前さん、あたし達、金持ちになっちまったよう。こんなに織部がいっぱいでさあ。この茶碗で五十三両、こっちも五十三両、あれもこれも五十三両だ。ちょいと、夢じゃないだろうか。お前さん、ほっぺたを抓《つね》っておくれな。

音松が笑いながらお鈴の頬を抓ると、お鈴の頬は餅のように伸びた。あれ、どうしよう。ほっぺたがお餅になった。いやだよ、ほっぺた餅なんて。引っ張らないで、後生だ。

ふふふと不敵に笑う声が聞こえた。顔を上げると甲冑《かっちゅう》に身を固めた武将がこちらを見ている。後ろに「不動如山」と書かれた幟《のぼり》が見える。武将は白毛飾りの被《かぶ》りものをして、目も覚めるような猩々緋《しょうじょうひ》の陣羽織を甲冑の上に纏《まと》っている。
大昔の絵巻物にありそうな恰好だった。
武将はゆっくりとお鈴に近づく。怖い顔だ。
今しもお鈴に襲い掛かりそうだった。
ご勘弁を、お慈悲を。お侍様！
お鈴は這《は》いつくばって叫んだ。
それがし、古田織部にござる。まことに重畳至極《ちょうじょうしごく》。
何んですよう、何言ってんだかさっぱりわからない。お前さん、こっちに来て。
このお侍様は頭がおかしいようだ。助けておくれな。
早く、早く。
「お、おい」
揺り動かされて、ようやく目が覚めた。
「大丈夫か、お前ェ。ずい分、うなされていたぜ」
音松が心配そうな顔で訊いた。
「お正月の用意で疲れたのかも知れない。怖い夢を見てしまったよう」
窓の外から明るい陽射しが射していて、雀の鳴き声もかまびすしく聞こえていた。

「織部、織部と言っていたところは、お前ェ、相当にあの茶碗に未練を残しているな」

「そうじゃないのよ。何んと言ったらいいか……」

あんなに織部がいっぱいでは、げっぷが出るというものだ。織部なんて、もうたくさんだった。

「あら、長は？」

声のしない息子が気になった。

「とっくに出かけたぜ。仲間五、六人でわいわいやりながらよう」

「そう」

「昔のおれ達もああだったのかと思うと、途端に年を感じたね」

「お前さん達は年を取っただけで、気持ちは昔と同じじゃないか」

「そうかも知れねェ。さてと、こっちのダチもそろそろ顔を出すぜ。お鈴、仕度しな」

「全く、今年も相変わらずゴミ立て客が途切れない一年になりそうだ」

「ゴミ立て客たァ、ひでェこと言う」

「あらごめんなさい。つい本音が出てしまって」

呆れた顔になった音松に構わず、お鈴は着替えをすると、いそいそと店の雨戸を開けに土間口に下りた。

外は日本晴れだった。どこの家も軒下に注連飾《しめ》りが揺れている。晴れ着の娘達も笑いながら通りを歩いて行く。五間堀は陽射しを受けて水面を眩しく光らせていた。

「ああ、倖せ」

思わず呟《つぶや》いたお鈴の声は、子供達の揚げた凧《たこ》が浮かぶ正月の空へ流れていった。

六

松が取れた頃、佐竹藩留守居役次席の恩田作左衛門《さくざえもん》がふらりと鳳来堂に現れた。恩田は非番でもあったのか普段着の恰好だった。ちょうど音松も、その日は店にいた。

お鈴は恩田を店座敷に上げ、火鉢の傍に促した。年玉物の手拭いを差し出すと、恩田は嬉しそうにそれを懐に入れた。

「年が明けた早々、よいことがござった」

恩田はそんなことを言ってお鈴が淹《い》れた茶をぐびりと啜った。

「どんないいことなんで？　こちとらはさっぱりいいことなんてなかったんで、お福分けに聞かせておくんなさい」

音松は阿《おもね》るように口を開いた。

「三月に懇意にしている大名家をご招待して、少し改まった茶会を催そうと昨年来より計画しておったのじゃ。ところが国許では凶作が続いて藩の金蔵には思うように金が集まっておらぬ。しかし、それ相当のことはせねばならぬ。たとい二万石の小藩といえどもの」

「ごもっともで」

音松は大きく相槌を打った。

「茶会の前に出す懐石料理も茶会の菓子も、出入りの店が任せてくれと頼もしいことを言うてくれた。後はお道具の用意だけだった。一目で高価で、かつ由緒のあるように見える物を揃え、殿の面目を保ちたいと考えておったところ、その方《ほう》の兄が、是非ともお目に掛けたい茶碗がござるとわしに言うてきた」

音松とお鈴は顔を見合わせた。

「織部でござんすね」

音松が言うと、「お前も存じておったか」と驚いたような顔をした。

「へい、暮にそんな話を聞きました」

「最初、菱屋は二百五十両と言うたが、とてもとてもそんな金は出せぬ。返答を渋っておったら、それでは百五十両でいかがかと畳み掛けてきた。なに、百両もまけるのかと、こちらもその気になった。あれは紛《まぎ》れもなく古田織部存命中の作と、わしも当たりをつけたからの。戦の合間にあの茶碗で茶を喫した織部の姿がこの目に見えるようじゃ」

恩田はうっとりした表情になった。

「よござんした。よい買い物をなさいやした。外ならぬ佐竹様のお家のことですから、菱屋の兄貴も儲けなしにお譲りしたんでござんしょう」

「そうか。それは重畳」

恩田は相好を崩した。恩田は色白で髭《ひげ》が濃い。五十を幾つか過ぎているが、声に張りがあって年より若々しく見える男である。

「殿もことの外、お喜びのご様子じゃった。茶会がうまく運んだあかつきには、きっと褒美をいただけるじゃろうて。その時は鳳来堂、何んぞ買い上げて遣わすぞ」

「恩田様、臼と杵はいかがでござんす。おめでたいことがあった時は餅を搗くことも多いでしょうから」

「なに、臼と杵とな」

「へい、表に用意してござんす。旦那のことですから、一両で手を打ちやしょう」

恩田は「考えておく」と鷹揚に言った。

お鈴の手製の漬け物と座禅豆《ざぜんまめ》(煮豆)を茶請けにして三杯の茶を飲み終えた恩田は厠を借りてから帰って行った。

「兄貴、うまいことやったな」

音松はぽつりと言う。

「商売に掛けちゃ、お前さんより菱屋の義兄さんの方がうわ手ですよ」

「そうだな。濡れ手で粟《あわ》の百両。ああ羨ましいぜ。それがありゃ、何年も寝て暮らせる」

「だから」

お鈴は覆い被せた。

「神さんは、あの茶碗をお前さんに持たせずに義兄さんに持たせたのさ。義兄さんなら間違っても賭場で散財する心配はないもの。お前さんは臼と杵を売って一両を手にすりゃ恩《おん》田御の字って寸法ですよ」

「恩田御の字って言うか？」

「ちょいと付け足して言ったまで」

「おかしな女だぜ」

「さて、今夜は何を食べさせようかな」

「おれは、おせちは飽きたぜ。ちょいと目先の違ったもんを喰わせてくれよ。そうだ、どうでエ、たまにかまくらで何か喰うってのは」

「それは臼と杵が売れてから」

「……………」

お鈴は音松に店番を任せ、買い物籠を提げて魚屋と青物屋に向かった。もうひと月も暮らせば春だ。梅に鶯《うぐいす》、春を告げるものは皆、心をうきうきとさせる。

それにしても、鳳来堂に織部の茶碗がやって来たのが、つくづく不思議だった。

天の神さんは高価な茶碗を音松とお鈴に持たせ、それで二人がそれをどうする

のだ。

つい、自分達の都合のよいようにしか考えない。他人なんて構ったことではない

のか試したのではないかとさえ思える。人間は元をただせば欲深《よくふか》な生きものだ。

だが、音松は織部の茶碗が盗品だと気づくと、すぐに持ち主に返そうとした。

それから起こる災いを予見したというより、息子の長五郎のことをまっさきに考えた。

長五郎の父として音松は正々堂々としていたかったのだ。その気持ちをお鈴は尊いと思う。お鈴も音松に負けずに清い心を育てていこうと胸で呟《つぶや》いた。

かまくらで一席設ける代わり、お鈴は平目《ひらめ》を一尾張り込んだ。お造り、塩焼き、潮汁《うしおじる》。

潮汁と塩焼きは店番の合間に七厘で拵えようと思う。通り過ぎる人にはちょいと気の毒だが。音松の喜ぶ顔と同時に、こんな時には鼻が利いて決まって現れる徳次の顔が浮かんだ。お鈴は少しだけ顔をしかめた。

店に戻ると音松はいなかった。店を放り出してどこへ行ったのかとお鈴は腹が立った。

平目を五枚に下ろし、アラに出刃を入れる時は「こんちくしょう」と声が出た。

だが音松はほどなく渋紙《しぶかみ》に包まれたものを抱えて戻って来た。

「店をほったらかしにして、どこへ行っていたんですか。ほんのちょっとの留守番もできないの」

お鈴は出刃を片手に持って小言を言った。

「危ねェ、そんな物を振り回しながら喋るなよ。怪我をするぜ。回向院《えこういん》前でがらくた市が出てると小耳に挟んだんで、ひとっ走り行ってきたのよ。お鈴、いいもんがあったぜ」

「何んですか」

「織部よ」

「……」

「何んだ、その顔は」

「まさか、また盗品じゃないでしょうね」

お鈴は疑わしそうに訊いた。

「盗品じゃねェよ」

「よかった」

「まがいものだが」

「……」

音松がいそいそと包みを開けると、中から細長い皿が四枚出てきた。なるほど、織部と言ったせいに灰白色の生地に光沢のある緑色が目を引く。だが、まがいもの
と聞かされたせいで、お鈴の眼には気品が感じられなかった。

「四枚なんて半端な数ね」

「だから値段が安かったのよ」

「せっかくだから、今夜はそのお皿にお菜を飾っていただきましょうか」

「いいねえ。今夜は何んだい」

「平目ですよ」

「豪勢なもんじゃねェか。そいじゃ、晩飯ができる前にひとっ風呂浴びてくるぜ」

「そうですねえ。それがいいですよ」

お鈴は応えたが、音松はその場にぐずぐずして一向に腰を上げない。

「早くいってらっしゃいましな」

「あの……湯銭」

「え？」

お鈴は振り向いて音松の顔を見た。

「だから湯銭をくれ。文無《もんな》しなんだ」

呆れて言葉もなかった。お鈴はぷりぷりして湯銭を渡した。音松は首を竦《すく》め、にッと愛想笑いすると、そそくさと出かけて行った。

その夜、まがいものの織部の皿に平目のお造りや塩焼きがのせられた。だが、どうしたことか、料理が映《は》えない。お造りはやけに活《い》きが悪く見えた。徳次は、

「おかみさん、この刺身、大丈夫かい。喰っても腹を壊さないかい」と訊く始末だった。

「やはり、器と喰い物は取り合わせが難しいよ」

勘助もそう言う。

「まがいものだからでしょうよ。あたし、織部はもうたくさんですよ。夢の中にも出て来たほど」

お鈴は皿ばかりでなく、平目まで評判を落としたのでくさくさした顔で言った。

「へえ、お鈴さん、織部の夢を見たのか。そいつは豪勢だ」

房吉は感心した顔だ。房吉だけは、あれこれ文句を言わなかった。

「そうよ。何も彼《か》も織部。ちょいと食べてる時に何んですけど、廁のきん隠しまで織部だったんですよ」

「織部のきん隠しなんざ、見たことも聞いたこともねェ。お鈴、いい加減なことを喋るんじゃねェよ」

音松が窘《たしな》めた。

「だから夢の話だって言ってるでしょうが」

「織部のきん隠しにしゃがんだら、出るものも出ねェ。いや、糞も緑色になりそうだ」

徳次が汚らしいことを言ったので音松に後頭部を張られた。

「もう、織部は結構、毛だらけってなもんだ」

勘助が言うと、音松は「んだな」と吐息交じりに応えた。

音松は翌日、その皿を店に置いた。家の中で使う気がしなくなったらしい。一刻も早く売れて、目の前から消えてほしいという顔だった。

音松はそれから織部の話を全くしなくなった。瀬戸物屋で織部ふうの器を見ても、そっと眼を逸《そ》らした。本物の織部は庶民が気軽に使える代物《しろもの》ではなく、まがいものは所詮、まがいものだった。すぐに嫌気が差す。

お鈴も、つかの間見た古茶碗のことはその内に忘れてしまった。

本所五間堀の鳳来堂は人に訊けばすぐにわかる店だ。主は年中、芝居の幕で拵えた半纏を引っ掛けているし、女房は店の前に七厘を出して、いつも何か煮ている。時分刻にその店の前を通ると、腹の虫が騒いで困ると、誰しも口を揃えて言った。

ひょうたん

一

二月の最初の午《うま》の日は初午で、稲荷の縁日である。江戸府内の稲荷神社は参詣客で大いに賑《にぎわ》う。また、大名屋敷でも屋敷神として稲荷を祀《まつ》る所が多い。この日ばかりは門戸を開放して町人達にも参詣を許していた。

古道具屋・鳳来堂の近くの大名屋敷からも賑やかなお囃子《はやし》が聞こえていた。初午の人出を当て込んで、大黒舞いや猿回しなどの大道芸、くじ引きで景品を当てるおっ、ちょこちょいのちょいちょい、飴屋、金魚売りなどが大名屋敷の周りに繰《く》り出している。賑やかな音はそこから流れてきている。

お鈴は稲荷寿司を拵《こしら》えていた。稲荷の縁日だから稲荷寿司という訳だ。豆腐屋から買い求めた小揚《こあ》げを油抜きしてから半分に切り、それを醬油と砂糖で甘辛く煮詰める。味が染《し》みた小揚げはそれだけでもおいしい。かけうどんの上にのせてもいい。

翌日の昼はうどんにするつもりだから、少し取り分けておこうと算段していた。

店の外へ七厘を出し、鍋をのせて小揚げを煮ている間、お鈴は中に詰める酢飯《すめし》の用意を始めた。

硬めに炊き上げた飯を平《ひら》たい桶《おけ》に移して合わせ酢を掛け回す。それからが、ひと仕事である。右手に持ったしゃもじでさっくり飯を混ぜながら、左手に持った渋団扇《しぶうちわ》で忙《せわ》しなく扇《あお》ぐ。そうすると飯に照《て》りが出るのだ。

息子の長五郎が家にいた頃、扇ぐのは長五郎の役目だった。長五郎は質屋に住み込みの奉公に出ているので、お鈴は一人でそれをしなければならない。酢飯に限らず、胡麻《ごま》を擂《す》る時や山芋を擂る時も長五郎は重宝な子供だった。お鈴にいつも手を貸してくれた。

それに比べて、亭主の音松はさっぱり当てにできない。ただ、食べるだけだ。

その日も、音松は朝からどこかへ出かけたまま、戻る様子がなかった。だが、戻って来た時は、

「腹が減ったぜ。お、稲荷寿司か。こいつァいい」

言いながら、いきなり口に放り込むに決まっている。そんなことを考えながら手を動かすお鈴の額には、うっすらと汗が滲《にじ》んでいた。

「おーい、お鈴さん。いい匂いがするねえ。何作ってんだい？」

二軒隣りにある味噌屋の隠居の正兵衛《しょうべえ》が土間口から声を掛けた。娘ばかり五

人もいて、長女が家の商売を嫌ってよそへ嫁に行くと、後の三人もそれに続いた。結局、跡を継いだのは一番下の娘だった。その娘は、うまい具合に店の手代と相《あい》惚《ぼ》れになったからよかったものの、そうでもなかったら、跡継ぎがいなくて店は潰れるところだった。

昨年、女婿《むすめむこ》に商売を渡すと、正兵衛は隠居して、あちこち出歩くようになった。さっぱり店にいたためしはない。隠居の声を聞くのも久しぶりだったが、お鈴は手が放せないので顔は出さず、「稲荷寿司ですよう。ご隠居さん、お暇でしたら手伝って下さいよ」と、台所から怒鳴るように応えた。

「ごめん、ごめん。わし、これからお稲荷さんにお参りに行くとこなんだよ。後で、一つ二つ、摘《つ》まませておくれ。手伝えなくて勘弁しておくれ」

隠居はそう言って、そそくさと行ってしまった。

「なにさ」

お鈴は悪態《あくたい》をついた。左右の手首が馬鹿になりそうだった。貰う時だけ、お鈴さんの手料理は天下一品だなどと持ち上げるくせに、ほんの少し用事を頼むと、すぐに理由をつけて逃げる。年を取ると何んでも大儀《たいぎ》になるらしい。それでよく、ご飯を食べるのが大儀にならないものだ。もっとも、食べるのが大儀になったらあの世行きだ。そう思うと、くすりと笑いが込み上げた。

ようやく酢飯ができ上がると、お鈴は外の鍋を台所に運び、蓋《ふた》を開けた。小揚げは黄金色に煮上がっていた。

「あたしゃ、煮物の達人さ」

お鈴は呟《つぶや》いて、ほくそ笑《え》んだ。粗熱《あらねつ》を飛ばしたら、さっそく中身を詰めなければならない。

六十もの稲荷寿司を拵えても、近所にお裾分けしたり、音松の友人達がやって来たりすると、ものの見事になくなってしまう。

稲荷寿司は長五郎の好物なので、そちらにも届けてやりたかった。しかし、肝腎の音松は帰って来ない。当てにできない亭主とわかっていても、こんな時は、いらいらが募《つの》る。

稲荷寿司を山のように拵えた頃、

「うぉーい、今帰《け》ェったぜ」

音松の呑気な声がようやく聞こえた。お鈴は返事をしなかった。いらいらは頂点に達していた。

茶の間に顔を出した音松は、「何んでェ、いるなら返事ぐらいしねェか」と文句を言った。

「どこをほっつき歩いていたんですか。あたしは稲荷寿司を長の所へ届けたいと思っているのに、お前さんは、さっぱり帰って来ない。長のお昼には間に合わないじゃないですか」

お鈴の声は自然に尖《とが》る。

「そう、つっ張《ぱ》らかんなって。なあに、稲荷寿司はお八つにしたっていいんだよ。どれ、さっそく行ってくるぜ」

息子のことになると音松も腰が軽い。急いで二つばかり口に放り込むと、音松は口をもぐもぐ動かしながら言った。お鈴は稲荷寿司を入れた重箱を風呂敷に包んだ。

長五郎が奉公している質屋は浅草広小路にある「菱屋」という店で、主の竹蔵は音松の実の兄だった。

「長居しては駄目ですよ。長の邪魔になるから。重箱を渡したら、さっさと帰って来るのよ」

お鈴は念を押した。あいあい。音松は殊勝らしい顔つきで出て行った。臙脂と黒と緑の縞の半纏は、綿入れから袷《あわせ》になったばかりだ。

そのせいで、肩の辺りがすっきり見える。その半纏は、今では鳳来堂の看板の役目も果たしていた。

二

お鈴はでき上がった稲荷寿司を近所にお裾分けし、ついでに五間堀に架かる彌《み》勒《ろく》寺《じ》橋《ばし》の傍にある宗対馬守《そうつしまのかみ》の下屋敷の稲荷神社にも二つばかり供えた。稲荷神社には、今年も家族が恙《つつが》なく暮らせるようにと祈った。

お参りを終え、晴れやかな気持ちで店に戻ったが、音松はどうした訳か一向に帰る様子がなかった。途中で顔見知りに出くわして、居酒屋にでも繰り出したのだろうか。あれほど念を押したのに。

お鈴はぷりぷりしながら稲荷寿司に使った桶や鍋を、奥歯を嚙み締めて洗い出した。

お鈴が待っているのは音松ではなく、稲荷寿司を食べて喜ぶ長五郎の様子だった。早くそれを聞きたかった。しかし、音松は晩飯の時刻になっても帰って来なかった。

音松はとっぷり日が暮れ、鳳来堂の表戸を閉《た》ててしばらく経った五つ（午後八時頃）過ぎに、ようやく戻って来た。

「おう、待たせたな。ちょいと客を連れてきたぜ」

「お客さん？」

音松の友人なら客という言い方はしない。

恐る恐る表戸についている通用口から外を覗くと、小柄な男がしょんぼりと立っていた。

「誰？」

「わからねェ」

「お前さん！」

お鈴の堪忍袋《かんにんぶくろ》の緒《お》が切れた。

「あたしが稲荷寿司をたくさん拵えて鬼のように疲れたっていうのに、お前さんは訳のわからないお客さんを連れてくるのね」

お鈴の口調は熱を帯びる。喋り出したらお鈴は止まらない。

「静かにしろィ。聞こえるじゃねェか。それに何んでェ、鬼のように疲れたってのは。鬼が疲れるか？」

音松は必死で宥《なだ》めるが、からかい調子なので、なおさら腹が立つ。

「旦那さん、旦那さん。あっし、帰ります」

外から、か細い声が聞こえた。お鈴の剣幕に男は恐れをなしているようだ。

「待ちな。お前ェ、どこに帰ェるのよ。さっき、行く所がねェと言っていたろうが」

音松は慌てて引き留《と》め、無理やり中へ引き入れた。しおたれた縞の着物の男は気後《きおく》れした顔でお鈴にぺこりと頭を下げた。

子供っぽい顔をしているが、月代《さかやき》の辺りがすでに禿《は》げ上がっていた。おまけに縮れっ毛らしく、顔の周りの後れ毛が妙な感じで逆立っていた。幾つなのか年の見当が難しい男だった。

「いったい、どうしたんですか」

お鈴は取り繕って訊いた。

「こいつ、両国橋から身投げする魂胆をしていたのよ」

音松は吐息交じりに応えた。本当は、男の事情には触れたくなかったらしいが、それではお鈴が承知しないだろうと、渋々打ち明けたのだ。

「まあ……」

お鈴はさすがに驚いて、すぐには言葉が続かなかった。

「おれが慌てて引き留めたという訳だ」

「それでここへ？」

「ああ。ほっとけなかったしな。ま、ひと晩頭を冷やせば落ち着くだろう」

音松は何事もない顔で言う。大丈夫だろうか。ひと晩ぐらい泊めるのは構わないが、朝起きたら、店の金や、目ぼしい物を持ち出されていた、というのでは困る。お鈴は不安な気持ちだった。男は怪しい様子には見えなかったが、盗人《ぬすっと》の全部が全部、怪しい様子をしている訳ではないだろう。中にはころりと騙《だま》されてしまいそうな人のよい顔した盗人だっているはずだ。

だが音松は、気軽に男を茶の間へ招《しょう》じ入れた。

「ささ、遠慮しねェで中に上がんな。これはおれの女房でお鈴ってんだ。お前ェは……まだ名を聞いちゃいなかったな」

「あっしは夏太郎《なつたろう》と申しやす」

男はおどおどした様子で応える。

「こいつはまた、役者のような名だな」

音松は呆れたような感心したような顔で言う。

「へい。おっ母さんが夏の盛りにあっしを生んだもんで」

「それで夏太郎か。赤ん坊の頃はそれでもよかっただろうが、今のお前ェはどう見ても夏太郎じゃねェぜ。秋太郎か冬太郎ってもんだ」

音松は夏太郎の月代の辺りをちらりと見て言う。

「面目ありやせん」

何を言っても夏太郎はぺこぺこするばかりだった。度を過ぎた遠慮は、夏太郎を卑屈に見せていた。

音松は夏太郎に酒を勧めた。夏太郎は猪口《ちょこ》一杯で顔を赤くした。

「何んだ、飲めねェのかい。それならそうと先に言やァいいのによ」

音松は白けた顔で言い、その後は手酌で飲んだ。お鈴が稲荷寿司の皿を夏太郎の前に差し出すと、夏太郎は嬉しそうに笑った。笑うと愛嬌《あいきょう》が感じられる。よく見ると、肌も存外に色白だった。

音松は菱屋に稲荷寿司を届けてすぐに戻るつもりだったが竹蔵に引き留められて、つい長居をしてしまった。急ぎ足で戻る途中、両国橋の欄干にもたれて、じっと水の流れを見つめている男がいた。様子がおかしいなと思っていると、案の定、男は欄干に足を掛け、飛び込もうという恰好になった。音松は近くにいた男達と一緒に必死で取り押さえた。男はしばらく咽《むせ》んで、ろくに話をできなかった。そのままにして置くこともできず、音松は五間堀の自分の家まで連れて来たのだった。

「それで、お前ェが大川に身投げしようとしていた訳は何よ」

酒の酔いが回った頃、音松はずばりと訊いた。

「それはそのう、死にたくなったからです」

夏太郎はぶっきらぼうに応えた。お鈴は危うく噴き出しそうになった。死を決意していた割には、夏太郎の言い方は呑気に聞こえた。

「ほう、借金をこさえて首が回らなくなったとか？」

「いえ……」

「惚れた女に振られたとか？」

「いえ……」

「何んだ、何んだ。さっぱり訳がわからねェ」

音松はいらいらして声を荒らげた。夏太郎はそんな音松にびくついて顔色を変えた。

「お前さん、大きな声を出さないで。夏太郎さんが怖がっているじゃないですか。夏太郎さん、うちの人は怒っているんじゃないのよ。ただ、どんな事情か訊いてるだけなのよ」

お鈴は優しく取りなした。

「へい、わかっておりやす」

「夏太郎さんは、どんなお仕事をなすっているんですか」

お鈴は話題を変えるように訊いた。

「あっしは……勘弁しておくんなさい。それは言いたくありやせん」

夏太郎は俯いたまま言う。お鈴と音松は顔を見合わせた。

「まさか、お上に顔向けできないような商売じゃないでしょうね」

今度はお鈴が声を荒らげた。

「おいッ」

音松はお鈴を制した。

「ごめんなさい。だって、自分の商売を言いたくないってのがわからないのよ。つい、悪くも考えるじゃないの」

「あっしは親方に盾突《たてつ》いて、店をおん出たんです。ですが、ふた親はとうの昔に死んじまってるし、兄弟もいねェもんで、行く所がなかったんです。金もねェし……いっそ、死んじまおうとした時に旦那さんに助けられたんでさァ」

夏太郎はようやくそれだけ言った。

「お前ェ、仕事してたんなら、ちったァ、銭はあるだろうが。大の男が文無《もんな》しってのは情けねェぜ」

「あら、よく言うこと。お前さんだって、しょっちゅう、文無しのくせに」

お鈴が口を挟んだ。夏太郎はくすりと笑った。

「そいつァ、お前ェがしっかりしているから安心して文無しになっているんだよ。家に帰ェりゃ、お前ェが、ちゃんと紙入れに幾らか入れてくれるからよ」

音松は冗談交じりに応えた。

「旦那さんは倖せだ。こんないいおかみさんが傍にいるんだから」

夏太郎は羨ましそうな顔で言う。お鈴は夏太郎が気の毒になった。素性はわからないが、悪い男ではなさそうだ。

「そいじゃ、お前ェの商売は訊かねェことにするが、親方に盾突いた理由は何よ」

音松は柔らかい口調で続けた。

「へい。女房を貰いたいんで、通いにして、晦日には決まった給金を下さいって言ったんです。そしたら、お前のような半端者《はんぱもの》が女房を貰うなんざ生意気だと怒鳴られやした」

「女房にするような女がいるのかい」

「ええ、まあ」

照れて、にやりと笑う。音松は「こいつ」と言いながら、夏太郎の頭を軽く小《こ》突《づ》いた。

「だったら、その女の人の所へ行けばいいのよ」

お鈴は不満そうに言った。何も見ず知らずの他人の家に来ることはない。

「とんでもねェ。おたかさんは、おかみさんに輪《わ》を掛けたような気の強い女で、そんなことを言ったら、この意気地なしって水でもぶっかけられちまいやす」

だが夏太郎は、慌てて自分の顔の前で右手を振った。おたかというのが、夏太郎が女房にしたがっている女の名前らしい。

「おたかさんって、どんな人？」

お鈴は興味深げに訊いた。

「へい。亭主を亡くしてから、一人で煮売《にう》り屋をやっておりやす。十歳《とお》になる息子がいます」

煮売り屋は卯《う》の花《はな》や焼き豆腐の煮物、座禅豆（煮豆）などを売るおかず屋のことだった。

「子持ちか……」

音松は独り言のように呟いた。それなら夏太郎の親方が反対するのもわかるような気がするという顔だった。

「あっしは、こんな男なもんで、おたかさんは、しょっちゅう、あっしに小言を言うんですよ。しっかりしろって。親方にいいように使われているばかりじゃ駄目だって」

「それはそうね。夏太郎さんは、いい大人なんですから」

お鈴はおたかと同じ気持ちで言った。

「あっしは十二の時から親方に引き取られて仕事を覚えやした。心底ありがてェと思っておりやす。ですが、いつまで経《た》っても決まった給金をくれねェんです。おたかさんにどやされて、ようやく言い出したら、この様《ざま》でさァ。もう、親方の所へも、おたかさんの所へも行けやせん」

夏太郎はそこで、しゅんと洟《はな》を啜った。

夏太郎は引っ込み思案の男らしい。親方はそれをいいことに、今まで黙って働かせていたのだろう。聞いていたお鈴にも怒りが込み上げた。

「よその親方の所へ移ったら？」

そう言うと、夏太郎は、ぶるっと顔を左右に振った。

「そんなことはできやせん。一本立ちするなら別ですが」

「ま、お前ェの親方も、お前ェが出て行って、ちったァ骨身に滲《し》みるだろう。しばらく、ここにいて、店の片づけでもしてくんな。何しろ、がらくたが増えてまとまりがつかねェのよ」

音松は鷹揚に言う。

「いいんですかい、旦那さん」

夏太郎の眼が輝いた。ひと晩って言ったのに。お鈴は喉許《のどもと》まで出ていた言葉を呑み込んだ。

三

夏太郎はまめまめしい男だった。朝起きると表戸を開け、店の前を竹箒《たけぼうき》で掃除する。それが終わると雑巾掛けをしてくれた。

朝飯を食べ終え、音松が出かけると、ごそごそと店のがらくたを片づけている。家の中に他人がいては気詰まりかと思っていたが、ちっとも気にならない。お鈴の目障りにならないように気を遣っている様子でもある。

夜に音松の友人達が訪れると、酒の燗《かん》をつけたり酌をしたりして如才がない。音松の友人達が重宝がって用事を言いつけると、夏太郎は喜んでそれをする。こんな居候《いそうろう》なら大歓迎だとお鈴は思い始めていた。

三日も経つと、鳳来堂の店先はすっきりと片づいた。今までは隣りの家の前まで、大八車の車輪だの、ひびの入った瀬戸火鉢だのが乱雑に放り出されていたのだ。

お鈴は昼飯ができたので夏太郎に食べさせようと店に出ると、夏太郎は表に水桶を出して刃物研ぎをしていた。すっかり錆びついた刃物の類《たぐい》が幾つかあったことを思い出した。

「夏太郎さん、お昼よ」

そう声を掛けると、夏太郎は振り向いてにッと笑った。邪気のない笑みだった。

「そんなものを研いでも刃こぼれしたりして使い物にならないでしょうに」

「いえ、手入れしたら、結構使えますぜ。この小刀なんざ、銘が入ってなかなかの代物だ。それにこれ」

夏太郎は干《ひ》からびた山芋のような棒を持ち上げた。

「何よ、それ。そんな汚い物は捨てて下さいな」

「ですが鹿《しか》の角《つの》ですぜ」

夏太郎は念を押す。

「そうなの？　うちの人は、とっくに忘れていると思うけど」

「捨てるなんざ、もったいない」

夏太郎はその時だけ強い口調になった。

「夏太郎さんが使うのなら差し上げますよ。店の中を片づけてくれたお礼と言っちゃ何んですけど」

お鈴は何気なく言った。

「貰っていいんですかい？　ありがとうございやす」

夏太郎はぺこりと頭を下げて、研いでいた小刀に眼を落とした。ついでにその小刀もほしいような様子だった。

「小刀も使うのでしたらどうぞ」

「ありがとうございやす」

夏太郎の声が弾《はず》んだ。お鈴は自分の商売を明かさない夏太郎に深く詮索するのを控えていたが、手職を生業《なりわい》にする男ではないかと、その時、ふと思った。

夏太郎はそれから、埃《ほこり》にまみれていた鹿の角をきれいに磨き、店の片づけの合間に小刀を使って何やら細工《さいく》を始めた。お鈴が覗くと夏太郎はあわてて腕で隠した。別に隠さなくてもよさそうなものだが、夏太郎は見られることを妙に嫌《いや》がった。

土地の岡っ引き、虎蔵が鳳来堂を訪れて来たのは、二月も晦日近い頃だった。ちょうど、音松と夏太郎は得意先の所へ不要になった道具を取りに行っていて留守だった。

虎蔵はそれを見計らって、やって来たのかも知れない。

店座敷の縁《ふち》に腰を下ろした虎蔵に、お鈴は茶を勧めた。

「近頃、この店は居候を置いてるって話じゃねェか」

虎蔵はさり気なく切り出した。

「そうなんですよ。初午の日に両国橋から身投げしようとしていたのを、うちの人が止めて、仕方なく連れて来たんです」

「それで面倒を見ているって訳か。幕張らしいな。で、そいつは何をしていた男よ」

「それが、商売のことは聞かないでくれって言うものですから、さっぱり素性がわからないんですよ。でも、悪い人じゃありませんよ。店の中を片づけてくれるので助かっていますし。ほら親分、きれいになったでしょう？」

虎蔵は店の中を一瞥《いちべつ》したが、特に何も言わなかった。虎蔵の目からは、さして変化は感じないらしい。

「京橋の自身番から行方知れずの男を捜してくれと頼まれた。向こうじゃ足取りが摑《つか》めねェんで、もしや大川を渡って深川か本所にいるんじゃねェかと声を掛けて来たのよ。お前ェさんとこの居候がそいつではないかと思い、ちょいと話を聞きに来た」

虎蔵は音を立てて茶を啜ると、そう言った。

「本人に直接聞かないで、その前に探《さぐ》りを入れに来たってことですね」

お鈴は訳知り顔で応えた。

「相変わらず察しのいいことで」

虎蔵は口の端を歪《ゆが》めて笑った。虎蔵は町内の人間にあまり好意を持たれていなかった。

虎蔵が決して人を信用しない男だからだ。

ずっと昔、八名川《やながわ》町で殺しがあった時、虎蔵は自分の実の甥を自身番にしょっ引《ぴ》いた。

虎蔵の甥は仕事に就《つ》いても、すぐ辞めてしまう怠け者で、親戚中の鼻摘まみだった。事件当時の甥の行動が不審だったので、虎蔵は甥に下手人の疑いを持つと、迷うことなく縄を掛けた。白状させるために、かなり手荒なこともしたらしい。幸い、下手人は甥ではないことがわかり、しばらくして甥は解き放しになった。しかし、それ以来、甥はもちろんのこと、その父親である虎蔵の兄からもつき合いを断たれていた。

たとい、甥が下手人だとしても、身内なら何とか助ける手立てを考えるはずだが、虎蔵は容赦しなかった。血も涙もないやり方が身内だけでなく、町内の人間にも疎《うと》まれる理由だった。だが、お鈴は虎蔵に対して疎ましい気持ちは抱いていなかった。

虎蔵は岡っ引きという仕事を全《まっと》うしているだけだと、お鈴は思っている。下手人には厳しいが、町内に困り事があると親身になって考えてくれる。始終、仏頂面《ぶっちょうづら》をしているので、傍目《はため》には、いやいやそうしているように見えるのだ。

鳳来堂が店立《たなだ》てを喰らいそうになった時、地主に掛け合ってくれたのも虎蔵だった。

あれは音松が賭場で借金を作り、店の品物を洗いざらい失《な》くしてしまった時だ。残ったのは古い店だけだった。地主は建物を壊して更地《さらち》にし、新たに借り手を探すつもりでいた。

店の建物は築五十年ほど経っていたもので、買い取っても損にはならないと地主は踏んでいたらしい。無一文の音松の足許を見ていた。

虎蔵は町内の鳶職《とび》の頭《かしら》に口を利いて、どうにか音松の道の立つようにしてくれと頭を下げた。頭は音松に対して、あまりよい印象を持っていなかったが、音松の父親の人柄は買っていた。仕事上、世話になったことも一度ならずある。ここはひと肌脱ぐかという気になったらしい。鳳来堂が今まで続けられたのは、だから虎蔵のお蔭でもあるのだ。

涙をこぼして礼を言った音松に、虎蔵は、「ま、心を入れ替えて働くことだ」と、あっさり応えた。恩に着せるようなことは、今まで一度も言ったことがない。

お鈴もありがたい人だと思っているが、仕事向きで訪れる虎蔵は相変わらず仏頂面で取りつく島もない態度だ。

虎蔵はある意味で不器用な男なのだろう。そう、夏太郎と同じように。

「京橋に角清《つのせい》という角細工《つのざいく》の店がある。旗本屋敷からも注文が来るほど有名な店らしい。主は清斎《せいさい》という号《ごう》を持つほどの腕のいい職人だ。そういう奴には頑固者が多いものだが、清斎もご多分に洩《も》れねェ。とにかく弟子にゃ格別厳しい。一人前になるまで、ろくに休みも銭も渡さねェということだ。だが、角清から出た弟子は、皆、それぞれに店を構えていい仕事をしていると評判だ。店を構える時の金は清斎が一切面倒を見るから、弟子達も修業中は文句を言わず精進するんだろうな」

虎蔵はお鈴の顔色を窺《うかが》いながら、そんな話を始めた。お鈴は虎蔵の話を黙って聞いた。

角清と夏太郎に繋《つな》がりがあると察しはついたが、込み入った事情まではわからなかった。

「清斎は手前ェの所で辛抱できない奴は、どこへ行っても使い物にならねェと言ってる。ま、その通りなんだろう」

「角細工って、どんな仕事なんですか」

お鈴の脳裏には鬼や般若《はんにゃ》の面についている角が浮かんでいた。

「そうさなあ、象牙《ぞうげ》や鹿の角を使って根付《ねつ》けや笄《こうがい》、香箱なんぞを拵えるのよ。大名や旗本屋敷のお姫さんのおもちゃに、小さな箪笥や文机《ふづくえ》を拵えることもあるらしい」

鹿の角と聞いて、お鈴ははっと思い当たった。夏太郎が店にあった鹿の角をほしがったからだ。夏太郎は、やはり角清の職人のようだ。

「お鈴さん、行方知れずの男は、お前ェさんの所の居候じゃねェのかい」

虎蔵は確かめるように訊く。

「多分……親方は大層心配しているでしょうね。突然、お弟子が店を飛び出したんじゃ」

「ああ。表向きはそしらぬふうを装っているが、内心は穏やかじゃねェだろう」

「京橋の親分に人捜しを頼みなすったのは、その親方ですか」

「いや、居候のレコらしい」

虎蔵は小指を立てて言った。

「おたかさん……」

「ああそうだ。煮売り屋のおたかだ。おたかは、三十六にもなった男を、まだ小僧扱いしておくつもりかって、清斎に喰って掛かったらしい。どこの親方も当座の小遣いぐらいは弟子に渡しているってな。清斎は、あいつの腕はまだまだだと応えたが、おたかは承知しねェ。客はお偉いさんばかりとは限らねェ、町家にも夏太郎の腕ぐらいあれば、仕事をさせる客がいるはずだ、親方がどうでも子飼いのままにしておくつもりなら、手前ェが面倒を見て、夏太郎に仕事をさせるから、そのつもりでいてくれと、立て板に水の如くまくし立てた。さすがの清斎も、ぐうの音《ね》も出なかったらしい」

「そう、夏太郎さん、三十六にもなっていたの。可哀想に。で、親分、夏太郎さんの親方はおたかさんと一緒になることを許してくれたの？」

「ああ。渋々な。奴は引っ込み思案の男らしいから、おたかのような女房がついてりゃ安心だと思ったらしい」

「よかった」

お鈴は胸のところを両手で押さえた。

「ところが肝腎の夏太郎の行方が知れねェんで、おたかは京橋の自身番に駆け込んだんだ。気の弱い男だから、妙なことを考えなけりゃいいがってな。幕張に助けられなかったら、その通りになっていただろうよ」

「親分、すぐにおたかさんに知らせてやって。夏太郎さんが帰って来たら、あたしも伝えますけど」

「奴は素直に戻るかな。どうも、親方に怖気《おじけ》をふるってぐずぐずしてしまいそうだ」

「そうですね。親方に、ちゃんとお詫びできるのかしら。あんまり頼りなくて、おたかさんが気の毒ですよ」

「まずな」

虎蔵も相槌を打った。それから二人は同時にため息をついた。

四

夏太郎に虎蔵の話を伝えたが、夏太郎はすぐに京橋に帰るとは言わなかった。何やら思案顔をしているだけで、虎蔵が心配した通り、ぐずぐずと鳳来堂に居続けた。

業《ごう》を煮やしたのは、清斎でもおたかでもなく、おたかの息子の常吉《つねきち》だったらしい。

三月に入り、いよいよ春めいてきたある日、鳳来堂におたかと常吉が訪れた。

夏太郎は店の奥で細工物をしながら店番をしている時だった。音松は大八車に畳を積んで客の所に出かけていた。

お鈴は台所で昼の用意をしていた。そろそろ音松が戻って来る頃だったので、うどんを拵えていた。

「ぼけ！　かす！」

甲高い子供の声が店先から聞こえた。お鈴はその声が耳障りで、前垂れで手を拭いながら店に顔を出した。

夏太郎が俯いていた。その前で長五郎と同じぐらいの前髪頭の少年が夏太郎を口汚く罵《ののし》っていた。傍には、これまたお鈴と同い年ぐらいの女が眼を拭いながら寄り添っている。

お鈴は、おたかだとすぐにわかったが、親方に直談判するような勇ましい女には見えなかった。

「おいでなさいませ。おたかさんですね」

お鈴は声を掛けた。

「おかみさん。この度は夏太郎さんが大変お世話になりました」

おたかは慌てて頭を下げた。煮売り屋を商っているので、始終、竈《かまど》の火と湯気に炙《あぶ》られているのだろう。湯上りのような顔をしている。丸い眼は勝気そうな色を湛《たた》えていた。

常吉も、ちらっとこちらを向いてお鈴を睨んだ。おたかとよく似た眼をしていた。おたかは常吉の頭に手を置いて、無理やり頭を下げさせた。常吉は邪険におたかの手を払い、また夏太郎の方を向いて、「このとんちき、死に損《ぞこ》ない」と、悪態《あくたい》を続けた。おたかが止めても聞かない。身投げしようとした話も伝わっていたようだ。

「坊ちゃん、お父っつぁんになる人にその言い種《ぐさ》はないでしょう」

お鈴はやんわり窘《たしな》めた。

「申し訳ありません。父親がいなかったものですから、すっかり我儘《わがまま》になりまして」

おたかは常吉の代わりに謝《あやま》った。

「ずっと、ここにいるのか？　おいら、米屋に奉公することが決まったってのに、お前ェは何をしてんだ。このぐず、ぼけ！」

「帰ェるよ」

夏太郎はようやくぼそりと応えた。

「迎えに来たから帰ェるのか。手前ェで帰ェる気にならなかったのか」

常吉は執拗《しつよう》に夏太郎を追い詰める。お鈴は常吉の物言いに肝《きも》が焼けていたが、何しろ常吉の言うことはもっともなので、それ以上、どう言っていいのかわからない。おたかは夏太郎の顔を見て安心したのだろう。泣くばかりで手に負えなかった。

だから、音松の大八車の音が聞こえた時は、お鈴は心《しん》からほっとした。

「お前さん！」

思わずお鈴は叫んでいた。

「いやいや、畳を運んだはいいが、寸法が合わねェんで往生しちまったぜ。隙間《すきま》に木《こ》っ端《ぱ》を入れて、ようやく納めてきた」

音松はそんなことを言って、大八車を店の脇に寄せた。夏太郎が慌てて手を貸した。

「こんな所で立ち話もなんだ。お鈴、中に上がって貰いな」

音松はおたかと常吉をちらりと見て言う。

「まあ、気がつきませんで。どうぞどうぞ。ちょうどお昼なので、何もありませんが、おうどんでも召し上がって下さいまし」

「おかみさん、お構いなく。すぐにお暇《いとま》致しますんで」

おたかは遠慮した。

「お前ェさんより、こっちの坊主を落ち着かせねェといけねェ。ぼけだの、かすだのと、一町先まで聞こえていたぜ。おう、ぼけ、この坊主を中に入れな」

音松は冗談交じりに夏太郎に言った。常吉はつかの間、ふっと笑った。

お鈴は急な来客に茶を淹れたり、うどんを運んだりして、忙しいことになった。おたかはうどんには手をつけなかったが、常吉は空腹だったようで、嬉しそうに丼にかぶりついた。

「坊主、幾つになる」

音松が聞いても食べるのに夢中で応えない。

「十歳になります」

夏太郎が代わりに応えた。その瞬間、常吉は顔を上げ、「このぼけ!」と、また悪態をついた。常吉は夏太郎の言葉には、すばやく反応する。

「おいらはな、年が明けて十一になったんだ」

「あっそうか。十一か。うっかりしていた」

夏太郎は呑気に応える。

「手前ェは三十六で、おっ母さんは三十だ。とくと覚えておきやがれ」

「坊主、勇ましいなあ。おれんとこの倅も坊主と同じ年だ。な、お鈴」

「ええ」

「米屋に奉公するってか。こいつは、てェへんだ。ちょいとその物言いじゃ、客は逃げちまわァ」

音松もやんわり窘める。

「店に行ったら、ちゃんとやるさ」

常吉は豪気に口を返す。

「どうだかな」

「おいらだって、悪態なんざ、つきたくねェのさ。だが、こいつがぐずだから、いらいらしちまうのよ。いっそ、親父なんざ、いらねェとほざけば、おっ母さんは泣くし、全く、やってられねェ」

「そうだよねえ、坊ちゃんにしたら、夏太郎さんは少し頼りないよねえ」

お鈴は常吉の肩を持った言い方をした。夏太郎は黙ってうどんを啜っているばかりだ。

「坊主、うちのうどんはどうだ？　うまいか。お前ェのおっ母さんは、煮売り屋をするぐらいだから料理はお手のものだろうが、うちの小母《おば》さんも、ちょっとしたもんなんだぜ」

音松が訊くと、常吉は「まあまあだな」と応えた。

「これッ！」

おたかは洟を啜って、ようやく常吉を制した。

「まあまあか。こいつはいい」

音松は愉快そうに笑った。音松が笑ったので常吉は調子づいて続ける。

「さらし葱《ねぎ》は、もう少し細かくしなけりゃ駄目よ。これじゃ、喉に引っ掛かるぜ」

煮売り屋の息子だから、さすがに口が肥えていると、お鈴は腹が立つより感心していた。

だが、その時、夏太郎の大きな掌《て》は常吉の頭を押さえた。小突くのではなく、やはりそれは上から押さえた感じがした。力もそれほど強くなかったので、やられた常吉も何が起きたのかわからない様子で不思議そうに夏太郎を見た。

「他人様《ひと》の所でご馳走になって、文句を言うのは礼儀知らずだ。あっしはそんなこと、一度もしたことはないよ。おたかさんだってしてないよ。常吉だけしている」

夏太郎は気後れした声で言った。音松もお鈴も思わず声を失った。茶の間はしいんとした静寂に包まれた。夏太郎が初めて意思のある言葉を喋ったせいだ。呆気に取られていた常吉の表情がみるみる変わった。突き出された下唇が細かく震え出した。ぐすっと洟《はなみず》を啜り、とうとう泣き出してしまった。

「おう、さっきの勢いはどこへ行った。口ほどにもねェ奴だなあ」

音松が取り繕うように言った。

「坊ちゃんは夏太郎さんに叱られたかったんですよ、よそのお父っつぁんみたいに。ようやくそれが叶って安心したんですよ」

お鈴がそう言うと、常吉はさらに泣き声を高くした。

「そうけェ、そいつは切なかったろうな。わざと悪態をついていたのか。だが、これからの夏太郎は違うぜ。坊主、もう心配はいらねェ」

音松の言葉は常吉に対するより、夏太郎に向けられていた。父親らしく、しっかりしろということだ。夏太郎は膝頭《ひざがしら》を摑んで俯き、「へい」と、低く応えた。

夏太郎とおたか親子は夕方近くになって京橋に帰って行った。帰りしなに音松は、こっそり夏太郎に銭を渡した。古畳を売った代金だろう。お鈴も、この時ばかりは見て見ないふりをした。

京橋に戻っても、相変わらず文無しでは可哀想だ。まあ、店を片づけたり、商売を手伝ってくれた礼と思えば腹も立たない。

夏太郎はお鈴を気にしながら音松に何度も礼を言った。

落ち着いたら改めて礼に来ると言い添えた。

「それには及ばねェ。お前ェさんがしっかりやれば、それでいいってことよ」

音松は鷹揚に応えた。そういう時の音松は滅法界、いい男に見える。

連れだって帰る三人の後姿は、どこから見ても親子でしかなかった。お鈴は、ほっと安堵の吐息をついた。

ひと月近く同じ屋根の下で暮らした人間がいなくなると、お鈴はやはり、気の抜けるような思いを味わった。音松も同じ気持ちだったらしく、その夜の二人は妙に口数が少なかった。

床に就く前、お鈴はいつものように戸締りを確かめた。手燭《てしょく》をかざして店の中を見回すと、夏太郎が仕事をしていた場所が目についた。小机の前に綿のはみ出た座蒲団を敷き、夏太郎は土間口に背を向けた恰好で小刀を使っていた。いったい何を拵えていたものか、とうとうお鈴はわからなかった。さして手先が器用な男には思えなかった。おたかと所帯を持つことが許されても夏太郎の前途は必ずしも明るいとは言えないだろう。

この世には様々な人間がいる。人を押しのけて上って行く者もいれば、奈落の底に落ちて行く者もいる。そしてまた、流れの澱《よど》みに佇《たたず》んだまま、後にも先にも行けない者もいる。

さしずめ、夏太郎は澱みに足を取られている口だろう。しかし、世の中はまんざら捨てたものでもなく、夏太郎の人柄を愛《いと》しむおたかや常吉が現れた。

おたかは店にお菜を買いにくる夏太郎に言葉を掛ける内、情が移ったという。自分がついていなければ夏太郎の浮かぶ瀬はないとばかり世話をするようになったのだ。

しかし、夏太郎とおたかが男と女の仲になるまでは、なお相当の時間が掛かったらしい。

考えなしで、ふらりと男と女がくっつくご時世だから、お鈴は夏太郎とおたかに純なものさえ感じた。そうして時間を掛けて育《はぐく》んだものは強い。おたかが意地を張って清斎に談判した気持ちもよくわかった。

「うぉーい、何やってんだ。夏太郎は戻って来ねェから心配することはねェぜ」

奥から音松の眠そうな声が聞こえた。

五

十日ほどして、夏太郎は常吉を伴って鳳来堂にやって来た。礼はいらないと言ったのに律儀な男である。

おたかは店があるので来られなかったが、座禅豆がどっさり入った重箱を夏太郎に持たせていた。座禅豆はお鈴の好物だった。

「それで、夏太郎さんは通いにして貰ったの？」

お鈴は気になっていたので訊いた。

「へい、お蔭さんで」

「そう。坊ちゃん、よかったわね」

そう言うと、常吉は薄く笑った。

「どうせ、あっしなんざ、独立する器量のねェ男ですから、通いになって親方の仕事を助《す》けるぐらいが関の山でさァ」

「あら意気地のないこと。そんなことはありませんよ。夏太郎さんは何しろ真面目な人だ。職人は真面目が一番ですよ」

「まあな」

常吉が生意気に相槌を打った。

「坊ちゃんはいつから米屋さんへ行くの？」

お鈴は常吉にお愛想代わりに訊いた。

「もう奉公してます。すぐ近くの店なんで、おいらも通いです」

「へえ。それじゃ、おっ母さんは二人のお世話とご商売で、ますます忙しくなりますね」

「いえ、そうでもないです。親父は掃除をまめにしてくれるし、洗濯も手伝う。おっ母さんは前より楽になったはずですよ。な？」

常吉は夏太郎の顔を見た。

「どうかなあ」

夏太郎は曖昧な表情で首を傾《かし》げた。

「今日はお休みを貰ったの？」

奉公しているのなら、自由な時間はないとお鈴は思った。

「ほんのちょっと時間を貰いました。親父が一人で行くのは恥ずかしいと言ったもんだから。店の番頭さんに断って来たんです」

親父を連発する常吉にお鈴の胸は熱くなった。常吉はどれほど、その言葉を遣いたかったことだろう。お鈴は夏太郎に叱られて盛大に泣いた常吉の顔が忘れられなかった。

「そう。いい番頭さんだこと。よかったわね、坊ちゃん」

「はい。よかったです」

この前とは打って変わって素直な言葉が出ていた。

「旦那さんは出かけているんですかい」

夏太郎は姿の見えない音松を気にした。

「ええ。仕事に出ております。うちの人も夏太郎さんの元気な姿を見たら喜ぶと思うけど、でも、いつ帰るのか見当もつかないのよ。何しろ、あぶく玉のような人だから」

「あぶく玉？」

常吉は呑み込めない顔を夏太郎に向けた。

夏太郎は黙ってろ、と言うように目配せした。

「ははん、こいつはあぶく玉じゃなくて、鉄砲玉ってことでしょう？　行ったきり帰って来ないという意味で」

常吉は訳知り顔で言う。

「そうそう。あらいやだ。あぶく玉じゃなかったかしら」

お鈴は途端に妙なことを言った自分が恥ずかしくなった。

「あぶく玉なら、消えてなくなっちまう。ま、鉄砲玉もあぶく玉も大した違いはないですけどね」

「そいじゃ、旦那に会えねェのは残念だが、よろしく言っておくんなさい」

夏太郎は名残り惜しそうに言った。あまり長居をしては自分と常吉の仕事に差し支える。

「ええ。夏太郎さんもがんばってね」

「へい。ありがとうございやす」

「親父、あれを出さねェのか？」

常吉は帰るそぶりをした夏太郎に言う。

「うん……笑われるかも知れねェんで、よしにするよ」

「馬鹿言うな。誰が笑うって」

常吉は声を荒らげた。

「なあに。何んのこと？」

お鈴は怪訝《けげん》な顔で二人に訊いた。

「親父はおかみさんに、手前ェが拵えた細工物を渡してェと思っているんです。ゆんべ、ようやくでき上がったので持って来たんですよ」

「まあ、何かしら」

お鈴は期待で胸が弾んだ。

「出しな」

常吉は有無を言わせぬ口調で夏太郎に命じた。夏太郎はおずおずと懐から渋紙に包んだ物を取り出した。

「夏太郎さん、開けていい？」

「へ、へい」

夏太郎は自信がなさそうだ。渋紙を開けると、瓢箪《ひょうたん》の意匠の根付けが現れた。

瓢箪のくびれのところには薄い紅の組み紐が巻かれ、口には緑色の栓《せん》がしてあった。栓の先にも小豆色の細い紐がついていて、落とさない用心に組み紐に結わえられている。

「見事なものですねえ。角細工って、こういうお仕事なんですか」

お鈴は惚れ惚れした眼で瓢箪を見つめた。

「例の鹿の角で拵えやした。一つはおたかさんに、もう一つはおかみさんに、という訳で」

夏太郎は照れた顔で言った。

「こんな高価な物、本当にいただいてよろしいの?」

「へい。是非とも使って下せェ」

「ありがとうございます。宝物を貰っちゃった」

お鈴ははしゃいだ声を上げた。常吉が苦笑した。

「おっ母さんと同じだな。おっ母さんも嬉しくて、夜も眠れない様子だった」

「あたしも今夜は眠れそうにありませんよ。どうしよう。盗人に持って行かれないように隠し場所を探さなきゃ」

「そんな大袈裟《おおげさ》なもんじゃありやせんよ。気軽に使って下せェ」

夏太郎は謙遜する。

「でも、これを注文したら、かなり手間賃を取られるのでしょう？」

「おかみさん。この際、銭のことは言いっこなしだ。親父の気持ちだから遠慮なく貰って下さい」

常吉は大人びたことを言った。

「ええ、ええ。夏太郎さんのお気持ちはようくわかっておりますよ」

「そいじゃまた。本所に来ることがありやしたら、寄らせていただきやす」

夏太郎はお鈴が根付けを気に入ったとわかると、安心して頭を下げた。常吉も慌ててそれに倣《なら》った。

手こそ繋ぎはしなかったが、夏太郎と常吉はなかよく六間堀へ向けて去って行った。これから両国橋を渡って京橋へは長い道のりだ。

だが、二人にとっては長い道のりも、さして気にならないだろう。

「親父、晩飯を喰ったら湯屋へ行こうぜ」

そんな声も聞こえた。

お鈴は瓢箪の根付けに眼を落とした。今まで、こんな洒落たものは貰ったことがない。

恐らく、おたかもそうだろう。瓢箪の根付けは夏太郎の真心《まごころ》の形だと、お鈴は思った。

その夜、鳳来堂には音松の友人達が例によって集まった。六間堀で料理茶屋を営む勘助は笊《ざる》に山盛りの蛤《はまぐり》を持って来た。何んでも出入りの魚屋から安く仕入れたという。さっそくお鈴は蛤鍋にした。

具は蛤だけで、他には青物も入れない。土鍋に水を張り、煮立ったところに塩と酒を垂らし、蛤をわっと入れ、口が開いたら、わっと食べる。ぐずぐずしていると身が硬くなる。

青物を入れても食べる暇がないのだ。

蛤の口が開くと、汁は白く濁る。それは蛤のだしが出ているからだ。

酒屋の房吉も、駕籠舁《か》きの徳次も、もちろん音松も蛤の身をせせるのに忙しい。合間に貝殻で汁を掬《すく》って飲む。

「こたえられねェ味だ。勘ちゃん、恩に着るぜ」

房吉はとろけそうな顔で言う。

「蛤もそろそろ終わりだからね、喰い納めってものだ。うちじゃ蛤鍋なんざ出さないから、ここでしか味わえないのさ。お鈴さん、いつもすいませんねえ。我儘ばかりで」

勘助は酒の酌をするお鈴に言った。

「いいえ、あたしの方こそ差し入れしていただいて恐縮ですよ。よかったら座禅豆も摘まんで下さいな」

お鈴は丼をそっと勘助に差し出した。

「いや、蛤喰うのに忙しくて、豆の入る隙もありませんよ」

「あら、そうですか。煮売り屋さんのものなんですよ」

「おかみさんも気が利かないね。豆なんざ、女子供か寺の坊主しか喰わねェもんなの」

徳次はいつものように辛辣《しんらつ》に口を挟んだ。

座禅豆はその名の通り、僧侶が座禅をする時に用いることから名づけられた。小便を抑える効果があるという。本当かどうかは、よくわからない。お鈴はご飯のお菜にする外、茶請けにもする。考えてみたら、近所にお裾分けした以外は、ほとんどお鈴が一人で食べていた。

「夏太郎の奴、あっちでうまくやっている様子かい」

音松は気になった様子で訊く。

「ええ。とても倖せそうでしたよ。ああ、そうそう、お前さん、こんな物をいただいたんですよ」

お鈴は紙入れにつけた根付けを帯から出して見せた。

「そいつァ、夏太郎の仕事かい」

「ええ。あたし、店にあった鹿の角をあげたんですよ。そしたら、とても喜んで」

「あっちゃあ、お前ェ、やっちまったのかい。あれはちょいと手に入らねェもんなんだぞ」

音松は顔色を変えた。

「だって、泥だらけで、あたし、最初、山芋の干《ひ》からびたのかと思ったんですもの」

「錺職《かざりしょく》にでも売ろうと思っていたのによう」

音松はぶつぶつと文句を言う。

「音松よ、祝儀と思やいいんだよ。そのお蔭で、おかみさんはいい物貰って喜んでいるじゃないか」

勘助は音松を宥《なだ》めた。

「まあ、やっちまったもんは仕方がねェが」

音松は諦め切れない様子だったが渋々応えた。

「おかみさん、ちょいと見せておくれ。やあ、上品でいい根付けだねえ」

勘助は手に取って、しみじみ眺めた。

「あれ、この瓢簞の口は翡翠《ひすい》じゃないのかい？　や、やっぱりそうだ」

突然、勘助は甲高い声を上げた。房吉と徳次も寄って来て勘助の手許を見つめた。

「勘ちゃん、そいつはいい値段がつきそうかい」

音松はさもしいことを言う。

「ああ。いい仕事の物だから、好きな客なら金に糸目はつけないよ」

「へえ……」

音松は早くも根付けの客を見つける算段をしているようだ。お鈴はむっとした。

「お前さん。言っときますけど、これはあたしが夏太郎さんからいただいたものですからね。よそに売ったりしたら、あたし、この家から出て行きますよ」

お鈴は釘を刺した。一世一代のお宝を売り飛ばされてはたまらない。音松はお鈴の剣幕に恐れをなして首を縮めた。

「わかってるって。お前ェのお宝にゃ、手をつけねェよ」

「本当よ。約束してね」

お鈴と音松をよそに、勘助は根付けの意匠をためつすがめつしている。ふと、瓢箪の口についている翡翠の栓を指で摘まんで引っ張ると、それは簡単に開《あ》いた。

勘助は片目を瞑《つぶ》って中を覗いた。

「何か入ってるよ。おかみさん、出していいかい」

「ええ……」

勘助は座っていた座蒲団を外し、そこへ瓢箪の中身をあけた。

中から、さらに小さな瓢箪と、賽《さい》ころ、下駄の形をしたものが出てきた。

「下駄だ、下駄」

徳次は嬉しそうに摘まみ上げた。

「触《さわ》るな」

房吉が制した。

「何んだよう、いいじゃねェか」

徳次は不服そうに房吉に口を返した。

「おかみさんの大事なものに、蛤の汁がつくじゃねェか」

房吉は真顔だった。それもそうだと納得したのか、徳次は黙って摘まみ上げた下駄を座蒲団の上に戻した。

「何んの謎だい、勘ちゃん。下駄に賽ころに瓢箪ってのは」

音松は勘助に訊く。

「わからないよ。あいつ、相当に妙ちきりんな奴だったから、仕事も妙ちきりんになるんだろう」

「言えてる」

音松は掌を叩いた。そうだろうか。お鈴は思う。夏太郎が心を込めて自分に拵えてくれたものだ。瓢箪の中身にも、きっと意味があるはずだ。小さな瓢箪は白、黄、緑、紅、茶、黒の六個が入っていた。下駄は貝に細工したもので鼻緒は黒のいいびろうどが括《くく》りつけられている。賽ころも、ちゃんと黒と赤の目が刻まれていた。

「下駄一足に賽ころ一つ、それに瓢箪六個か。難しい謎ときだよ。おかみさん、夏太郎は何か言っていなかったのかい」

勘助は腑に落ちない顔でお鈴を見た。

「いいえ、何も。中身が入っているのも、今わかったばかりですもの。でも……」

思案顔したお鈴を四人の男達はまじまじと見る。

「下駄一足、賽ころ一つ。そく、さい……」

お鈴が何気なく呟くと、勘助は掌を打った。

「読めた！　お鈴さん、そくさいでいいんだよ。それに六つの瓢箪だから六瓢《むびょう》(無病)。つまりさ、無病息災ってことだ。ひゃあ、まどろっこしかった」

勘助は晴れ晴れとした顔で言った。

「無病息災……夏太郎さん、あたしの身体を気づかってくれたんですね。ありがたいこと」

お鈴に込み上げるものがあった。ただの根付けではなかった。それはお鈴の健康を祈願する肌守りの役目も果たしていた。

「夏太郎の親方は、これでもまだ不足があると思っているのかな」

音松は吐息交じりに言った。

「そりゃあ、素人目《しろうとめ》には見事でも、その道の達人から見たら不足だらけなんだろう。道を極めるってのは難しいものだ」

勘助は猪口の酒をぐびっと啜って応えた。

「あたし、人がどう言おうと、夏太郎さんは最高の職人だと思っていますよ。何しろ、この根付けには心がこもっているんですもの。腕を誇って、どうだと言わんばかりの物には気を惹《ひ》かれない」

お鈴はきっぱりと言った。

「おかみさん、能書《のうが》きはわかったから、酒の燗を頼むよ」

徳次は、もう根付けには興味がないとばかり、酒の催促をした。

「はいはい」

お鈴は瓢簞の中身を元に戻すと帯に差し込んだ。根付けが帯の外で揺れるのはいいものである。誰もいない時、そっと中身を取り出して眺める楽しみもできた。煩《わずら》わしく思える男達のもてなしも、その夜ばかりは違っていた。

六

鳳来堂は、また音松とお鈴の二人だけの暮らしに戻った。せっかく夏太郎が片づけてくれた店の中も、日が経つ内に元へ戻ってしまった。品物も売れたり、売れなかったり。

鳳来堂の内所も、さして変わりばえがなかった。

久しぶりに夏太郎が勤める角清の噂を聞いたのは、桜も散り、代わって菖蒲の花が江戸の人々の目を楽しませている頃だった。

その日、音松は浅草広小路の菱屋を訪れ、息子の様子を見たついでに兄の竹蔵と半刻（約一時間）ばかり話をしたという。

角清の品物が菱屋に持ち込まれ、期日を過ぎたので流されるところだった。

竹蔵は角清の清斎とは顔見知りだった。もしも自分の所の品物が質屋に曲げられた時は買い取るから声を掛けてくれと頼まれてもいた。

菱屋に持ち込まれたのは「手習所《てならいどころ》」と名づけられた畳四目ほどの天神机に和本三冊。それに墨、水滴、筆などを揃えた硯《すずり》箱だった。

小さいながら造りは本物と同じで、じっと眺めていると、そこに小人でも現れそうな気がする独特の世界があった。

金があったら音松でも手に入れたかった。

だが、清斎はそれを十両で買い取るという。

音松には手も足も出なかった。

音松は戻って来てからもため息をついて元気がなかった。よほど手習所に心を奪われたらしい。お鈴もできれば音松の希望を叶えてやりたかったが、十両はできない相談だった。

「ま、おれは、あんな贅沢な物を持つ身分じゃねェときっぱり諦めるよ」

音松はわざと威勢よく言った。

「お金を貯めて、その内、夏太郎さんに同じ物を拵えてもらいましょうよ」

お鈴は音松を慰めた。

「さ、その夏太郎だ。兄貴にお前ェが貰った根付けの話をしたのよ」

「お前さん……」

菱屋に持って行かれるのかと、お鈴は心細くなった。

「心配すんな。兄貴は頼んでも引き取らねェよ」

「どうして？　これだって、なかなかの物よ」

お鈴は帯の前に垂らした根付けに指を触れながら言う。

「無病息災の曰くを話したらな、兄貴は顔をしかめた。六つの瓢箪と賽ころはともかく、下駄はいけねェってよ。足に履くもんを飾りにするのはまずいらしい」

「そんなもんかしらねえ」

「どうせなら独楽《こま》尽くしにした方が粋だってよ」

「独楽？」

「ああ。瓢箪から独楽（駒）って言うじゃねェか」

「それはそうだけど」

何んだか割り切れなかった。下駄のどこがいけないのだと思う。

「兄貴が言うにゃ、角細工の職人に必要なのは手先の器用さじゃなくて、ここだとよ」

音松は人差し指で頭をつっ突いた。

「夏太郎が一人前になるにゃ、まだまだ時間が掛かりそうだぜ。ま、これから十年、二十年と修業すれば、そこそこいけるようになるだろう」

音松は心配そうな顔になったお鈴に続ける。

「二十年も……」

夏太郎はその時、還暦近い年齢だ。お鈴はこれからの長い歳月を考えると気が遠くなりそうだった。

「お鈴、楽しみに待っていようぜ」

だが、音松は笑ってお鈴に言った。

「そうよね」

夏太郎にはおたかと常吉がついている。きっと夏太郎は腕を上げ、音松に手習所を拵えてくれるだろう。お鈴は根付けに指を触れながら強く思った。

清斎は角細工の職人にしては骨太で大きな手をしているという。

夏太郎もそうだった。身体は小柄なくせに手足が不釣合いなほど大きかった。

当分、夏太郎の大きな手は角細工よりも利《き》かん気な常吉の頭を押さえることに力を発揮するとすれば、それはそれで結構なことではないかとお鈴は思う。夏太郎は角細工の職人として大成する前に本当の父親にならなければならないからだ。親父を連発した常吉がいじらしく思い出された。夏太郎が好きで好きでたまらないという顔をしていた。根付けに託した夏太郎の思いは十分に、お鈴に伝わっている。

お鈴もまた、夏太郎一家の無病息災を祈らずにはいられない。お金に勝《まさ》るものを、お鈴は夏太郎から教えられたと思う。

晩飯の用意をする時刻が迫っていた。音松に留守番を頼み、買い物籠を携《たずさ》えて、お鈴は外に出た。

春の風がお鈴の額を嬲《なぶ》った。帯の根付けも弾んで揺れた。

そぼろ助広《すけひろ》

一

本所五間堀界隈《かいわい》は春たけなわで、日によっては夏を思わせる暑さになることもあった。

通りに面している鳳来堂にも五間堀からの陽射しの照り返しが眩《まぶ》しかった。

鳳来堂は相変わらず、がらくた同然の品物であふれ返っている。整理しようにも、音松が次から次と品物を持ち込むので切りがない。お鈴は店前だけを片づけるのが精一杯だった。

お鈴は店番の合間に表に七厘を出し、いつも何か煮ている女だった。夕方になって、ばたばた忙しい思いをしなくてもいいように、その前からできるだけのことはしておく。亭主と二人で商売を続けるための生活の知恵だった。その日も、お鈴は七厘に大鍋をのせ、筍《たけのこ》を茹でていた。

筍が被るくらいのたっぷりの水に、塩、糠《ぬか》、唐辛子の二、三本を入れて茹で上げ、そのまま一晩置く。一晩置くことでえぐみが抜ける。

翌日に皮を剥いて水に晒《さら》し、穂先《ほさき》は吸い物や刺身にする。他は煮物にしたり、筍ご飯にしたりと、筍は余すところがない。

筍を持ってきたのは六間堀で「かまくら」という料理茶屋を営む勘助である。勘助は音松の子供の頃からの友人で、今も親しくつき合っている男だ。勘助は見世《みせ》で多めに仕入れた筍をお裾分けしてくれたのだ。それは毎年の恒例ともなっている。

「朝掘りじゃないですけどね」

勘助は少し気後れした顔で言った。朝掘りの筍なら茹でるだけで、一晩置く必要はない。

すぐに料理ができるというものだ。だが、貰い物に文句をつけるつもりはなかったから、お鈴は愛想のいい笑顔で「そんなこと、ちっとも構いませんよ。春に筍を口にできるだけでも果報者だ。勘助さん、ありがとうございます」と礼を言った。

「そ、そうかい。お鈴さんが喜んでくれるのなら何よりだ。ついでに筍ご飯をおねだりしていいですかな」

勘助は、途端に悪戯《いたずら》っぽい顔で言う。

「はいはい。でも、明日になりますよ。これから茹でて一晩置かなきゃなりませんから」

「明日の晩ですね。楽しみだ」

勘助はそう言って、かまくらに戻って行った。勘助の注文する筍ご飯は、筍以外、何も入れない。ずばり筍のみ。余計なものが入っていると邪魔なのだそうだ。料理茶屋の主をしているくせに、板前が腕によりを掛けた料理よりも、お鈴の作る素人料理を喜ぶ。全く変な男である。

鍋が煮立つと、辺りに筍の香ばしい匂いが漂う。それは新しい畳の匂いに似ていた。

旬の字に竹を被せて筍とはよく言ったものだ。筍はまさに春の旬の食べ物だった。


翌日の夜、勘助は張り切って鳳来堂にやって来た。酒屋の房吉も一升徳利を提げて訪れた。房吉も勘助同様に音松の友人である。もう一人、駕籠舁《か》きの徳次というのがいるのだが、その夜、徳次の姿はなかった。

徳次は、かれこれひと月余りも鳳来堂に顔を出していなかった。三人は自然、徳次を気にする話になった。

「徳次の奴、近頃さっぱり姿を見せねェが、どうしたんだろうな」

房吉は、ほかほかの筍の煮物に箸を伸ばしながら言った。

「またぞろ片手技《かたてわざ》を遣っているんだろうよ」

音松は訳知り顔で応えた。その拍子に勘助がくすりと笑った。

「こうと、半年近くも女っ気なしだったから、そろそろ新しいのを見つける算段をしているのかも知れないね」

勘助も音松と同じ口ぶりで言う。

「これで何人目になるんだろう。一番最初が十七の時で、相手は水茶屋のおちえだったよなあ。それから、おまさ、おきん、おいね、お島。その内、女房として人別《にんべつ》に入れたのが三人で、後は半年ぐらい暮らしただけで、ぷいっと出て行っちまった。今度また女ができたとなりゃ……六人目だ」

房吉は指折り数えて言う。

「一人、抜けているぜ。おちえとおまさの間に婆《ばば》ァが入る」

音松は、やや白けた顔で言った。勘助も、ふと思い出したように、「そういや、そうだったね」と、相槌を打った。

「何んだよ、それ。おれ、知らねェぜ」

房吉は真顔になった。音松と勘助が知っていて、自分が知らないことが房吉には不満だったらしい。

「あれには参ったよなあ、勘ちゃん」

音松は昔を思い出して言う。

「ああ、全くだ。今でも、おいらには、さっぱり訳がわからねェ。いったい、徳次は何を考えていたものやら」

勘助は苦笑交じりに応えた。

「聞かせてくれ、音松」

房吉はつっと膝《ひざ》を進めた。

「うん。徳次は、ちょうどおちえと別れて独り身がこたえていた頃だった。仕事を終えた奴は駕籠舁き仲間と飲み屋でしたたか酔ったらしい。塒《ねぐら》に帰る頃には、もう千鳥足もいいところだった。徳次の話じゃ、酔っ払って塒を間違えたと言い訳したが、どうもなあ」

「徳次、人んちに入って行ったのかい」

房吉は怪訝《けげん》そうに訊く。

「おうよ。それも独り暮らしの婆ァの家だ。その婆ァ、ちょいと惚《ぼ》けていたのかも知れねェ。徳次は、それをいいことに婆ァの蒲団にもぐり込んだのよ」

「そ、それで、事に及んだとか？」

房吉はそれが肝腎とばかり、ぐっと首を伸ばした。

「知らねェ」

音松は居心地悪い顔で房吉の眼を避けた。

「だって、音松はおちえとおまさの間に婆ァが入ると言ったぜ。ってことはそうじゃねェか」

普段は抜けているくせに、そういう話になると房吉は、やけに鋭くなる。

「朝になって婆ァの家の様子がおかしいと近所が騒ぎ出し、虎蔵親分を呼びに行った。親分が恐る恐る中へ入ると、徳次の奴、素っ裸で寝ていたそうだ。傍で婆ァがにこにこしていたとよ」

音松は仕方なく応えた。虎蔵は五間堀界隈を縄張《なわばり》にする岡っ引きである。様々な事件を手掛けてきた虎蔵でも徳次の行動には、相当、面喰らったらしい。

「親分から呼び出しを喰らって、おれと勘ちゃんは自身番に行ったよ。徳次にゃ、身柄を引き取ってくれる親兄弟はいなかったからな。徳次は、さんざ油を絞られてしょんぼりしていた。大家は外聞《がいぶん》が悪いんで、すぐに出て行ってくれと言ったたよ。それで徳次は、勘ちゃんの口利きで六間堀の裏店に家移《やうつ》りしたんだ」

「知らなかった」

房吉は心底驚いた様子だった。台所で筍ご飯を炊きながら話を聞いていたお鈴も、そのことは知っていた。音松が酔った拍子に、ふと、お鈴に洩らしたからだ。それからお鈴は徳次を少し警戒するようになった。音松は間違ってもお前に下手なことはしないと言ったが、お鈴は安心できなかった。お鈴には、どの女が徳次の女房で、どの女がそうでなかったのかよくわからない。恐らく、音松達も、はっきりとわかっていないのではないだろうか。お鈴がよく覚えているのは居酒屋で酌婦をしていたお島という女だった。挨拶もきっちりする、しっかりした女だった。

徳次と別れる少し前、お島は鳳来堂に一人でやって来て、お鈴に愚痴をこぼした。徳次が散財するので、自分がいくら稼いでもお金が足りないのだと。このまま一緒にいたなら、自分は岡場所へ身売りしなければならないだろうとまで言った。お鈴はお島が気の毒で、徳次に説教した。お島が出て行ったのは、それから間もなくのことだった。

お鈴はそのことで音松に叱られた。お前ェが徳次にいらぬ説教をするから、奴は頭に血を昇らせたのだと。徳次はお島の身体に馬乗りになって、痣《あざ》ができるほど殴ったらしい。

金遣いが荒い上に暴力を振るうとなれば、お島でなくとも愛想が尽きるというものだ。それを言うと、手前ェの不始末を棚に上げるな、と音松は怒鳴った。お鈴には徳次を庇《かば》う音松の気持ちが、どうにも理解できなかった。

「しかし、あんな変てこりんな男に、よくも女が次から次とつくよな」

房吉は半ば羨まし気に言う。

「徳次は結構、苦み走ったいい男じゃないか」

勘助はからかうように口を挟んだ。

「それに、女にゃ滅法界、まめな男よ」

音松が言い添えると勘助と房吉は愉快そうに笑った。

「徳次の女は、婆ァを抜かして、よく稼ぐ奴ばかりだった。お蔭で徳次は小遣いに不自由することもなかった。金の遣い方はおれ達の中じゃ、一番派手だったんじゃねェか」

音松がそう言うと、勘助は、「全盛の頃は、うちの見世にも揚がったぜ」と、応えた。

「全盛って、もう徳次は下火になるのかい」

房吉は不思議そうに訊く。働き者の女が、この先も切れないなら、また景気のよい時も来るだろうと房吉は考えている。

「徳次は遣うことばかりで貯《た》めるということを知らない男だ。おいらもずい分、意見したんだぜ。駕籠舁きなんざ、四十や五十になるまで続けられるもんじゃないから、小商《こあきな》いを始める算段をしておけってね。ところが奴は、金は天下の回りものだのとほざいて、とんと聞く耳を持たねェ。それだけ啖呵《たんか》を切るんだったら、人に無心するなと言いたいよ」

勘助は苦々しい表情になった。

「徳次、勘ちゃんに金を借りてるのかい」

心配そうに訊いた房吉に、勘助は何も応えなかった。応えないことが肯定の意味になるのだろう。

「困った奴だよ」

音松は舌打ちをして猪口の酒を飲むと、

「筍ご飯はまだかい」と台所のお鈴に声を掛けた。

「はい、ただ今」

お鈴は慌てて応えた。徳次の話に気を取られて、せっかくの筍ご飯を焦がしてしまうところだった。筍ご飯を頬張る頃には、徳次の話は自然に終わっていた。しかし、さんざん徳次のことを言っておきながら、三人は徳次を心底憎む様子がない。それどころか、房吉は配達のついでに徳次の塒を訪ねてみるとまで言った。お鈴は複雑な思いで、そっとため息をついた。音松達は徳次がこの先、何をしでかそうと縁を切るつもりはないらしい。それが男のつき合いというものなのだろうか。お鈴にはわからない。

二

それからしばらく経っても、徳次は依然として鳳来堂に姿を現さなかった。房吉が二度、徳次の塒を訪ねたが、二度とも留守だったという。これはいよいよ、いよいよだと、房吉は音松と勘助に言っていた。

季節はそろそろ夏めいてきたので、音松は店の隅に置いていた簾障子《すだれしょうじ》などの夏向きの道具を並べ始めた。ついでに陶器の蚊遣《かや》りも人の目につきやすい所に持ってきた。団扇、扇子はまとめて太い竹筒に入れた。鳳来堂の前を通り掛かった客が思いついたように一つ二つと買っていった。

音松は店の前に床几《しょうぎ》も置いた。寝苦しい夏の夜、そこで近所の人間と将棋を指すのも夏の楽しみだった。もっとも、その前に梅雨が入るので、少々、段取りが早過ぎるとお鈴は思っていたが、腰を下ろして休んでいく人も多く、床几は結構、役に立っていた。

「ごめん」

店先から野太い声が聞こえた時、音松とお鈴は昼飯の最中だった。沢庵の古漬けと佃煮をお菜に二人は茶漬けを搔き込んでいた。音松は口を動かしながら店に出て行った。

「こちらに音松という方はおられますかな」

客は確かめるように訊く。

「へい。手前が音松と申しやすが……」

「駕籠舁きの徳次から聞いて参りました」

言葉遣いから武士のようだ。お鈴は箸を置いて自分も店に顔を出した。

「お越しなさいまし」

頭を下げると、尾羽《おは》うち枯らしたような男が、お鈴を見て顎をしゃくった。着物も袴《はかま》もしおたれている。どうやら浪人者らしい。

年は三十前後だろうか。顎鬚《あごひげ》を生やしているので、年齢の見当が難しかった。

武士の客には音松もお鈴も緊張を覚える。下手なことでも言おうものなら、すぐに臍《へそ》を曲げて怒鳴り散らすからだ。だが、男はそのような輩《やから》と少し違うように見えた。

「徳次の話では、こちらで不要な道具を買い取ってくれるとのこと」

「へい。うちはこの通り、道具屋をしておりますんで、値段と折り合いがつけば引き取らせていただきやすが、物は何んですか」

「ふむ。刀でござる」

浪人は焦げ茶色の風呂敷に包まれたものを音松に差し出した。

「お武家様。だんびらはちょいと……」

音松はすまなそうな顔で言った。

「引き取れぬと言うのか」

浪人は心底、気落ちしたようだ。

「お武家様。刀剣商《とうけんしょう》に持ち込まれた方がよろしいのではないですか」

お鈴は慌てて助け舟を出した。

「うむ。刀剣商も考えたが、どの店に行けばよいのか、とんと見当がつかなかったのだ。どうしたものかと案じている時に、徳次が鳳来堂へ行けと言うてくれたのだ。ここで無理な時は、その方《ほう》の兄が質屋をしているから、相談に乗ってくれるはずだとも言うた。それは好都合と、さっそく参った次第」

「お武家様。つかぬことを伺いやすが、徳次とは、どこで会ったんでございやすか」

音松は気になった様子で浪人に訊いた。

「ふむ。深川の佐賀町だ」

「佐賀町？　佐賀町のどこです」

「い、おふくという一膳めし屋だ。拙者がたまに一杯やる店だ。徳次とは、そこで話をするようになったのだ。駕籠舁きをしているそうだが、なかなか親切な男だった。おふくのおかみとも徳次は昵懇《じっこん》の間柄のようだ」

「おかみというのは独り者ですかい」

昵懇という言葉が気になった音松は浪人に訊いた。

「うむ。亭主を三年前に亡くして後家《ごけ》である由《よし》」

音松はため息をついた。徳次の今度の相手は一膳めし屋の後家らしい。

「音松。拙者の刀は引き取って貰えぬか」

浪人は一膳めし屋のおかみのことより、こちらが肝腎とばかり、もう一度訊いた。

「申し訳ありやせん。手前も懐に余裕があれば、お引き取りして、気長に客を待つこともできましょうが、何しろ町人相手の店なもんで……」

音松はもごもごと言い訳した。内心では浪人が早く引き上げてくれないだろうかと思っていたらしい。

「家内が内職に根《こん》を詰めて疲れているところへ風邪を引き込みましてな、ほとほと往生しておるのだ。医者は滋養のある物を喰えば回復すると言うたが、これがなかなか……」

浪人は心底、弱り果てている様子だった。

「お武家様。お急ぎにならなければ、品物をお預かりして、うちの人の兄に見て貰いますが。浅草広小路の菱屋という質屋でございます。そのお店はうちと違ってしっかりした所なので、もしかしたら、そちらで引き取って貰えるかも知れませんので」

お鈴がそう言うと、浪人はほっと安心したように、「そうしてくれるか」と、笑顔になった。

念の為、預かり証を書いて浪人に渡すと、浪人はそれを大事そうに懐に入れて帰って行った。

「全く徳次も余計なことをする。こちとら銭にならねェ仕事が増えただけでェ。それにお前ェまで何んだ。さっさと追い払えばいいのによ」

音松は苦々しい顔で吐き捨てた。

「あのお侍さん、侍の魂《たましい》と言われる大事な刀を手放してまで奥様の病《やまい》を治そうとしているのよ。麗《うるわ》しいじゃないですか。あたし、同情してしまいましたよ」

「何が侍の魂よ。今はだんびら振り回す世の中じゃやねェわ」

「それはそうですけど……」

「だんびらは、ただ持っているだけでも手入れに銭が掛かるもんだ。時々は研ぎや磨《みが》きに出さなきゃならねェからよ。竹光《たけみつ》なら、そんな手間はいらねェ」

「竹光なら、いざという時、どうするんですか」

「だから、いざなんて、当分、起こる訳がねェの」

音松は決めつけるように言った。

音松は、すぐに浅草広小路の菱屋に行くのかと思っていたが、在所から出て来た椋鳥《むくどり》が裏店に所帯を構えるとかで、蒲団や鍋釜を運んでいる内に日が過ぎていた。

秋田佐竹藩、留守居役次席の恩田作左衛門が鳳来堂を訪れたのは、空がうすぼんやりと曇っている日だった。

お鈴は内所に招じ入れようとしたが、恩田は外の床几で構わないと言った。

音松は恩田と並んで座った。確かに、家の中より外の方が気持ちのよい気候ではある。

お鈴は茶菓を外に運び、恩田の傍に控え目に立って話を聞くことにした。

恩田は骨董の趣味のある男だが、吝嗇《りんしょく》な性格で、目の玉の飛び出るような金を骨董につぎ込んだりはしない。たまに年代ものの象牙の根付けを手に入れては無邪気に喜んでいる。

恩田が少し高い買い物をしたのは、音松が老舗の米屋の納屋から子供用の甲《かっ》冑《ちゅう》を仕入れた時ぐらいだろう。

どうして米屋の納屋にそんなものがあったのかは不明だが、恩田は戦国時代の武将の息子が身に着けたものに相違ないと、大喜びで引き取ってくれた。当初は埃だらけで触るのもいやだったが、恩田は丁寧に埃を払い、空拭きした。磨き上げた甲冑は見事なものになった。恩田は嬉々として床の間に飾っているという。そういう恩田から音松も学ぶことが多い。古道具は、とにかく磨いて、少しでも見目よくするのが商売のコツだと思う。

「ところで、近頃、何んぞ、これと言った出物はござらぬか」

恩田は湯呑に手を伸ばしながら訊いた。白髪交じりの頭は髪結いに行ったばかりのように、きれいに撫でつけられている。年は五十と聞いている。来年辺りには晴れて留守居役の昇進も噂されていた。だが、鳳来堂に訪れる恩田は伴《とも》もつけず、とてもそんな偉い役職の人間には思えない。気さくな男である。

まあ、それが恩田と音松が長いことつき合ってゆける理由なのだろう。

「あいにく、さっぱりでさァ。浪人者がだんびらを持ち込んだぐらいですよ。どうせ、大したもんじゃねェと思いますが」

音松がそう言うと、恩田は少し気を惹かれた様子で、「拝見できるかな」と、言った。

「へ、へい。お鈴、あれを持ってきな」

「外で刀の鑑定ですか」

お鈴は詰《なじ》る口調になった。

「なあに、どうってことねェよ。恩田様、ここでいいですよね」

音松は相槌を求めたが、恩田は「いや、おかみの言う通り、道端で刀を抜くのはよろしくない。中で拝見致す」と、きっぱりと応えた。ああ、恩田はやはり偉い人だと、お鈴は内心で思った。慌てて店座敷に座蒲団を敷き、お鈴は茶を淹れ替えた。その間に恩田は音松に紙燭《しそく》を灯《とも》させ、自分は口に懐紙をくわえて浪人の刀の鞘《さや》を払った。

恩田は刀身を眺めて低く唸《うな》った。すわ、天下の名刀かと音松は色めき立った様子だが、恩田はその後で首を傾《かし》げた。恩田は鍔《つば》近くに刻まれている銘を見つめていた。

「恩田様、いかがですか」

音松は恩田の返答を急《せ》かした。

「妙だ。ここに助広《すけひろ》と銘があるところは、津田越前守《つだえちぜんのかみ》助広のことだと思うが、それにしては、ただ助広だけで官位がないのが解せぬ。音松、折り紙（鑑定書）はなかったか」

「いえ、そのようなもんは預かりやせんでした」

「うーむ。越前守助広ならば濤瀾刃《とうらんば》という特徴があるはずなのだが、これは乱《みだれ》刃《ば》と申そうか丁子《ちょうじ》乱れと申そうか、乱れに乱れておる。それでいて、何か圧倒されそうな気迫と気品を感じる。不思議な刀じゃ」

恩田はそう言って、またしばらく刀に見入っていた。

日本全国には数え切れないほどの刀工がいる。その中で頭角を現す者の刀が将軍や大名の手に渡るのだ。しかし、名も知れない刀工でも優れた刀を拵える可能性はある。浪人が持ち込んだ刀はその類なのだろうとお鈴は思っていた。

「ま、とり敢《あ》えず、専門の者にこの刀を見せて、正確な鑑定をお願いするのがよかろう。わしは見当がつかぬ」

恩田はそう言って刀を納めたが、帰るまで、その刀が気になる様子だった。

音松は恩田の表情が気になり、さっそく浅草広小路の菱屋へ出かけることにした。息子の長五郎は菱屋に奉公している。長五郎の顔を見るのも音松の浅草行きの理由だった。

三

浅草広小路は浅草寺《せんそうじ》の雷門前の広場を指す。

両国広小路と同じように水茶屋、様々な床見世《とこみせ》（住まいのついていない店）が軒を連ねる繁華な場所だった。音松は本所から吾妻橋を渡って浅草広小路へ出た。

菱屋は雷門のはす向かいにある東仲《ひがしなか》町の狭い路地にひっそりと暖簾《のれん》を出している。質屋は、たいてい裏通りに店を構えている場合が多い。金の工面に訪れる客の胸中を慮《おもんぱか》って、そうしているのだ。たまに往来に面して建っている店でも、客の出入り口は人の目に立たない陰に設《しつら》えている。

菱屋は一見、陰気な感じのする店だが、母屋から通じる堂々とした土蔵を所持していて、江戸でも名の知れた店だった。

音松は客に気を遣って、いつも裏口から訪《おとな》いを入れる。女中はすぐに竹蔵に取り次いでくれた。遠慮がちに茶の間に上がると、竹蔵と女房のおむらは紋付羽織を出して、何か話し合っていたところだった。

「お邪魔致しやす。義姉さん、いつも倅がお世話になっておりやす」

音松は畏《かしこ》まっておむらに挨拶した。竹蔵は菱屋の婿に迎えられた男なので、おむらに対しては、自然、音松も頭が低くなる。

「いえいえ、こちらこそ。長五郎ちゃんはよくやっておりますよ」

縞の単衣に黒の昼夜帯を締め、更紗《さらさ》の前垂れをしたおむらは愛想よく応えた。ちょいと見には冷たい感じのする女だが、中身はそうでもない。おむらは竹蔵より一歳年上の姉さん女房だった。

「何か持って来たのかい」

鼠色の着物に黒い前垂れをした竹蔵は音松の携えていた風呂敷包みに目ざとく気づいて言った。

「ええ、まあ。紋付なんざ拡げてどうしたんです？」

音松は刀の話をするより、紋付に話を向けた。

「ああ、これかい？　お前、ちょいと羽織ってごらんよ」

竹蔵は気軽な口調で言った。

「おれが？」

「おゆりの縁談が纏まってね、秋には祝言があるんだよ。お前、紋付は持っていなかったから、うちの奴と相談してよさそうなのを見繕っていたんだ」

おゆりは竹蔵の次女で、今年、十八になる。

おゆりを片づけたら、竹蔵もおむらも、ほっと一安心というものだった。後は八歳になる末娘のお菊だけだった。多分、そのお菊と音松の息子の長五郎は一緒になるのだろうと、音松はぼんやり察しをつけている。息子のいない竹蔵は、菱屋をいずれ長五郎に譲るつもりでいた。

「お杉の時、音松さんたら、そのまんまの恰好で来たじゃないの。まあ、お杉の相手の家は大して気の張る所じゃなかったけど、この度は老舗のお菓子屋さんだから、恰好はそれなりにして貰いたいと思いましてね」

おむらは音松の顔色を窺いながら、そんなことを言った。質流れの品物の中から紋付を見つけたらしい。

お杉は竹蔵の長女の名だった。神田の青物屋に嫁いでいる。お杉の祝言は苦い思い出として音松に残っていた。音松は傾いていた鳳来堂を立て直すのに必死で、姪が祝言を挙げるというのに満足に祝儀も出せなかった。紋付のような洒落た物も持っていなかった。とにかく顔だけ出せと言った竹蔵の言葉をまともに捉《とら》え、音松はいつもの半纏姿で婚礼の行なわれる料理茶屋に行った。音松の半纏は芝居小屋の定式幕で拵えたもので、鳳来堂の商標のようなものだった。だが音松は、祝言の後で、その恰好は何んだと竹蔵にこっぴどく叱られた。それからしばらく、竹蔵とは口を利かなかったものだ。

おゆりの縁談が纏まったので、竹蔵はおむらに言われて紋付を用意する気になったらしい。竹蔵も同じことで弟と喧嘩をしたくなかったのだろう。

「おれは礼儀知らずだから、祝言には遠慮した方がいいんじゃねェですかい」

音松は上目遣いで二人を見ながら言った。

「おゆりは是非ともお前に出てほしいと言ってるんだ。あいつは昔からお前を慕っていたからね」

竹蔵は昔のことには触れずにやんわりと応えた。音松がおゆりを可愛がっていたのは本当だった。五間堀に連れて来て、何度か泊まらせたこともあった。おゆりはそれを忘れておらず、音松には是非とも祝言に出てほしいと言ったのだろう。おゆりの気持ちが音松には涙が出るほど嬉しかった。

「ささ、とにかく袖を通してごらんなさいよ」

おむらの勧めで、音松は渋々、袖を通した。

「あら、裄《ゆき》も丈《たけ》もちょうどいいじゃないの。音松さん、押しつけるようで悪いけど、おゆりの祝言にはこれでお願いしますよ」

「あいすみやせん。余計な心配させちまって」

音松は殊勝におむらに礼を言った。

「お鈴さんの着る物は大丈夫でしょうね」

おむらは、ふと気づいたように続けた。

「へい。箪笥の中に何か入っているようですぜ」

「お鈴さんのおっ母さんはしっかりした人だから、それなりの物は持たせていると思っておりましたよ。じゃ、お鈴さんのことはそれでよし、と」

おむらは音松の前に風呂敷を差し出し「これに包んで持って帰って下さいな。ああ、風呂敷は返さなくていいですからね」と言って、そそくさと奥の間に行ってしまった。

音松が紋付羽織を脱ぐと、竹蔵は慣れた手つきで畳んでくれた。

「お前の話は何んだい」

風呂敷に丁寧に包むと、竹蔵は音松に向き直った。

「だんびらをちょいと見てほしいんだ」

「ほう」

「浪人が持ち込んだのよ。うちの店で無理なら兄貴の店でどうにかしてほしいと言ってきたのよ」

「わたしの知っている客かい」

「いいや。徳次が深川の一膳めし屋で知り合った男らしい。徳次の奴、得意そうに、おれと兄貴のことを教えたんだ」

「刀は厄介だな」

竹蔵は迷惑そうな表情で言う。

「恩田様に見せたら、首を傾げていたよ」

「どうしてだい？　あの人はお武家だから刀には明るいはずだ」

「銘は助広と入っているが、官位っていう奴が抜けているそうだ。刃文が相当乱れているくせに、恩田様の目には気迫と気品が感じられたらしい。妙に気にしていたよ」

竹蔵は黙って刀の風呂敷に手を伸ばし、結び目を解《ほど》いた。鞘を払うと、青光りした刀身が現れた。

「兄貴、気をつけてくれ。おれの耳なんざ、削《そ》がねェでくれよ」

音松は冗談交じりに言う。竹蔵は「ばか」と、低く応えたが、しばらくすると真顔になった。音松の胸は堅くなった。竹蔵がそんな表情になるのは、とんでもない代物に出くわした時だけだ。

竹蔵は柄《つか》の目釘を抜いて刀身を取り外した。

そのまま、じっと見入る。恩田と同じように竹蔵も何度か首を傾げた。それから、戸棚から書物を一冊出してきて、慌しく紙面を繰《く》った。ちらりと見た上書きには難しい漢字が並んでいた。どうやら刀剣に関する書物のようだ。商売柄、竹蔵は堅い文字も読める。

「これだ」

竹蔵は独り言のように呟くと、また刀に目を向ける。

「兄貴の店じゃ引き取れねェ代物かい」

恐る恐る訊くと、低く唸るばかりで、はっきりとは応えなかった。

「もしかして、ものすごい刀なのか」

「ああ」

竹蔵はため息交じりに、ようやく応えた。

音松は、ごくりと固唾《かたず》を飲んだ。

「この書物は御様御用《おためしごよう》首斬り役を仰せつかる山田様の五代目がお書きになったものだ」

「首斬り浅右衛門《あさえもん》！」

音松が甲高い声を上げると、竹蔵は肯いた。

首斬り浅右衛門を知らない者は、江戸にはいない。山田家は代々、罪人の刑の執行を引き受ける家柄だった。だが、普段は将軍や大名から持ち込まれる刀剣の管理が主たる仕事である。刀剣の管理には処刑された死体で試し斬りをすることも含まれる。

その書物は五代目山田朝右衛門《あさえもん》が著した「懐宝剣尺《かいほうけんじやく》」というものだった。それは寛政時期に出された「懐宝剣尺」の改訂版であると竹蔵は教えてくれた。山田家の当主は、代々、浅右衛門の名を襲名しているが、五代目の山田朝右衛門吉睦《よしむね》だけは浅右衛門の「浅」の字を「朝」にしているという。

「試し斬りをした上で、これぞと思う刀を山田様は書き留めていらっしゃる。この刀はその中でも最上大業物《さいじょうおおわざもの》に選ばれているのだ」

「だ、だけど、銘はただの助広ってのは、ちょいと貫禄がなさ過ぎるんじゃねェか。越前守がついているのが助広だって恩田様もおっしゃっていた」

「津田越前守助広は、この刀を拵えた刀工の養子に当たる男のことだ。こっちは、そぼろ助広と呼ばれている」

「そぼろ助広……」

音松は竹蔵の言葉を鸚鵡《おうむ》返しに言った。

「そぼろと言っても喰い物のことじゃないよ。乱れて、みすぼらしいという意味だ」

竹蔵は悪戯っぽい顔で音松に言った。

「訳がわかんねェなあ。そぼろなのにご大層な刀だってェのが」

音松は腑に落ちない気持ちだった。

「そぼろは生涯、無位無官で通した刀工なのだ」

刀工が官位を得るためには禁裏に相当の謝礼をしなければならないという。刀工の世界では、肩書きは特に重要なものだった。しかし、そぼろ助広は名工であったにも拘らず、謝礼を用意できないほど困窮していた。後に養子となって助広の二代目を襲名した津田越前守助広は早々に官位を受領している。

それは初代の助言であるのか、それとも二代目が自ら考えてそうしたのかはわからない。

だが、官位を得たことで結果的には、二代目は初代よりもその名を知られていた。

「ちなみに、そぼろは銭にしたらどれぐらいになるのよ」

そぼろの由来の話が済むと、音松はすぐに商売に切り替えた。

「まあ、百両は下るまい」

驚いた。音松はつかの間、言葉に窮した。

「そいじゃ、越前守は？」

音松は確かめるように続けた。

「二百両だな」

「その差が官位のあるなしになるのかい」

「ああ」

何んだか理不尽だと音松は思った。

「あの浪人は、この刀がそれほどの物だと知っているのかな。女房が病に倒れたから、うまい物を喰わせてェと思って手放すことにしたらしいが」

「手前ェの刀の由来を知らない侍はいないよ」

竹蔵は埒《らち》もないという顔で応えた。

「兄貴はこれが質草だとしたら、客に幾ら融通するのよ」

「五両だな。それ以上はちょいと出せない」

竹蔵は、そう言った。浪人の顔が音松の脳裏に浮かんだ。浪人の様子では、その金額でも、うんと言いそうな気がした。だが、五両では一年も暮らせない。せいぜい、半年がいいところだろう。音松は浪人が何んとかその刀を手放さずにいられないものかと思った。

「そぼろ」という言葉に打たれたせいだろうか。

「兄貴、一両貸してくれ」

音松は目釘を元に戻している竹蔵に言った。

「一両でお前が引き取るのかい」

竹蔵はさして驚きもせずに訊いた。

「うん」

「いいだろう」

竹蔵はあっさりと言って、店番をしている長五郎を呼んだ。

四

そぼろ助広は播磨国《はりまのくに》津田で、播磨打ちと呼ばれる粗製刀の製造をする家に生まれた。家業を手伝う内に、よい刀を造りたいという思いに駆られたのだろう。家を飛び出し、大坂の河内守国助の門を叩き、そこで修業した男だった。清貧の暮らしに甘んじたそぼろ助広の気持ちは、そのまま浪人にも通じているような気がした。あの浪人こそ、そぼろ助広を持つにふさわしい人物に思えてならなかった。

長五郎は音松が一両借りたと知ると、竹蔵に聞こえない所で、「どうするつもりだ、お父っつぁん」と、心配そうに訊いた。

「わからねェ。しかし、この刀を持ち込んだのは徳次の知り合いらしいんだ。むげに断ることもできねェと思ってよ」

「貸すんだったら、刀は預かれよ」

長五郎は念を押す。

「しっかりしたことを言うな。さすが菱屋の小僧だ。だが、おれと兄貴のやり方は違うぜ」

そう言うと、長五郎は眼をしばたたいた。

「この刀を拵えた刀鍛冶のことを兄貴に教えて貰いな。偉い奴だぜ」

音松は長五郎の心配を逸《そ》らすように言った。

「そぼろ助広のことなら知ってるよ。一生貧乏していた人だ。だけど腕はよかったらしい。お父っつぁん、そういうの好きだよね」

「……」

「返せなかったら、おいらが肩代わりするつもりだから心配しなくていいよ」

長五郎は音松を安心させるように言った。

「へ、生意気を言う。まだまだお前ェの世話にはならねェよ。見くびるな」

「それならいいけどさ。おおかたお父っつぁんのことだから、返すのはいつでもいいと大口叩いて一両を持たせてやるんじゃなかろうかと思ったのさ」

すっかり胸の内を読まれていた。

「まあ、お父っつぁんの思う通りにしたらいいよ。おいら、おっ母さんには黙っているから」

長五郎はにッと笑って続けた。いつの間に、こんなにものわかりがよくなったのだろう。

音松は長五郎の大人びた顔を見て苦笑した。

鳳来堂に戻ると、浪人が床几につくねんと座っていた。刀を預かってから十日ほど日が経っていた。音松はひょいと頭を下げて声を掛けようとしたが、浪人の名を失念していた。恩田や竹蔵には浪人で通していたので、預かり証を書いた時に聞いた名前は、さっぱり思い出せなかった。

「近くまで来たのでな、その後、拙者の刀はどうなっておるかと、ちと案じられての」

浪人は取り繕うように言って、伸び掛けた月代に手をやった。

「浅草の兄貴の所へ行ってまいりやした」

音松は風呂敷に包まれた刀を浪人の横へ、そっと置いた。浪人は不安そうに音松を見つめた。

眼が澄んでいる。父祖伝来の刀よりも女房の身体の回復が大事と心底思っている男だった。

「して、その方の兄は何んと言うておった」

「へい。これはそぼろ助広と呼ばれる刀だそうです。津田越前守助広の義理のて、て親が拵えたとか」

「いかにも」

浪人は得意そうに応えた。

「まともにこれを手に入れようとしたら、百両がとこ取られるそうですぜ」

「百両……」

その金額に浪人自身が驚いていた。

「ですが、町の質屋で融通できる金は、お話にならねェほど少なくなりやす」

音松は気後れした顔で浪人に言った。

「少なくても構わぬ。十五両か？　いや十両でもよい」

「五両しか出せやせん」

「……」

憮然とした浪人は唇を嚙んだ。湯吞の中はとっくに空になっていた。音松は台所のお鈴に声を掛けて茶を淹れ替えるように言った。

「先祖代々の刀でござる。できるなら手放したくはござらん。だが、晦日にならねば内職の金が入らぬ。それまで薬はおろか、米を買う金も覚つかぬ。情けない話でござるが、金目のものはこれ一つになってしまったのだ。背に腹は代えられぬ。音松、五両を用立ててくれ」

やがて浪人は諦めたようにそう言った。

お鈴は茶を運んで来たが、盆の上には塩むすびと沢庵の切れ端が添えられていた。

「ずっとお待ちで、村上《むらかみ》様はお腹がお空《す》きでございましょう。こんなものでよろしければ召し上がって下さいまし」

お鈴は愛想のいい笑顔で塩むすびの皿を差し出した。そうだった。浪人の名は村上与五郎《よごろう》だった。ここで名前を思い出してよかったと、音松は心底安堵した。

「おかみ、雑作《ぞうさ》を掛ける」

村上は頭を下げると、さして遠慮もせずに塩むすびに手を伸ばした。相当空腹だったらしい。

「あら、お前さん。こっちの風呂敷はなあに？」

お鈴は紋付羽織の入っている風呂敷包みに目を留《と》めた。

「おゆりの縁談が纏まって、秋にゃ祝言があるそうだ。義姉さんが紋付を用意してくれたのよ」

「まあ……」

お鈴は途端にすまなそうな顔になった。

「兄貴と義姉さんの気持ちだ。ありがたくいただくことにしたよ」

「後でお礼を言わなきゃ」

二人のやり取りを聞いていた村上は、「よい兄弟をお持ちだ」と、しみじみした口調で口を挟んだ。

「村上様は、江戸にご兄弟はいなさらねェんですか」

音松は気になって訊いた。

「拙者は次男坊で村上の家に養子に入った男だ。藩がお国替えとなった折に務めを解かれたのだ。もとの領地に戻された時はまた仕官が叶うだろうと思うておるが、なかなかそれがうまくいかぬ」

「お役目を解かれてからどのぐらいの年月が経ちやすんで？」

「もはや十四年だ」

「……」

「他の者も町人に身を落としたりと様々だ。わしも商家の手代にでも雇って貰おうと考えたこともあるが、家内が承知せんのだ。痩せても枯れても商人の妻になるつもりはないと言うてな」

「そいじゃ、このだんびらを売り飛ばしたと知ったら、只ではすみやせんぜ」

「ああ」

だが、妻の身体には換えられないと村上は考えている。

「お気の毒に」

お鈴の声が湿った。

「そぼろ助広は生涯貧乏をしていた刀工らしいですね。もしも銭があって官位という奴を手に入れたとしたら、越前守助広より名が知れていたでしょう。だが、いいもんは、きっと誰かが気づいてくれやす。このだんびらは首斬り浅右衛門が、ものの本に最上大業物として取り上げているそうです。手前はお武家の世界のことはとんと知りやせん。ですが、そぼろの心意気を汲んで村上様に是非とも持ちこたえて貰えねェものかと思っておりやす」

「音松。今の拙者にとって、そぼろ助広の心意気よりも目先の五両の方が重要なのだ」

村上はそう言って咽《むせ》んだ。手にした塩むすびが、ぼろぼろとこぼれ、見ていられなかった。お鈴も貰い泣きした様子で眼を拭うと、紋付の風呂敷を抱えて中に引っ込んだ。

「五両じゃ、焼け石に水ですぜ」

無駄とわかっていても音松は言わずにいられなかった。

「晦日までもたぬのだ。音松、助けてくれ」

仕舞いには音松の半纏の袖を摑んで縋る。

「とり敢えず、晦日までもてばいいんですかい」

「ああ。この十日足らずが切ないのだ。家内の看病で、先月は思わぬほど仕事を休んでしまったのだ」

「その先は？」

「内職の金が入る。さすれば、ひと月は安泰なのだ。家内も飯を喰って、薬を飲めば元気になる」

「わかりやした。十日分の暮らしの掛かりなら五両はいらねェんじゃねェですか」

「したが、他に方法がない」

「手前が一両、融通致しやす。それで何んとかして下せェ」

村上は呑み込めない顔で音松を見つめた。

「この刀は村上様が持っていて下せェ。一両は手前が村上様を見込んでお貸しする訳で」

「何も形《かた》を取らずに貸すということか」

「へい」

「何ゆえだ。もしも拙者が、このまま知らぬ顔をしたらどうするのだ」

「村上様はそんなお人じゃねェと思っておりやす」

音松は村上をまっすぐ見つめて言った。

「人がよい男だ。お前のような男、拙者は江戸で初めて会った」

「ですからね、手前もいつまでも貧乏している次第で、姪っ子が祝言するというのに、兄貴に紋付の世話まで掛けているざまでさァ」

音松は悪戯っぽい顔で言った。

「音松、恩に着る。わしはこのことを一生、忘れぬ」

「そんな、ご大層に礼を言われるもんじゃありやせんよ。ただし、一つ約束しておくんなせェ。一両はうちの嬶《かか》ァに内緒ということで」

「ん？」

「この金は兄貴にこっそり借りたもんでさァ。倅は兄貴の所に奉公しておりやすが、借りたのを見ていて、返せなかったら手前ェが肩代わりするなんてほざいておりやしたよ」

「まことに親孝行な息子でござるな」

「なに、口だけですよ」

「ならば、その息子のためにも、わしはこれから必死で返済の工面をするぞ」

「そんなに堅苦しく考えねェで下せェ」

音松はそう言って、紙に包まれた一両を渡した。村上は預かり証を律儀に返した。

「音松、刀はありがたくいただいていく。代わりと言っては何んだが、竹光を置いてゆこう。二度と、この世話にならないように肝に銘じるつもりでの」

村上は腰の竹光を床几に置き、そぼろ助広をたばさんで去って行った。

鳳来堂の客なら、本物の刀よりも、いっそ、竹光の方が売れるのではないかと、音松はぼんやり思っていた。

五

徳次がようやく鳳来堂に現れたのは、江戸が梅雨に入った頃だった。

毎日毎日、鬱陶しい雨が続いているというのに徳次は爽やかな顔で音松達に酒を振る舞った。

「で、どうなの、深川の後家さんとは」

房吉はさり気ない口調で徳次に訊いた。

「え？　何んでおれのことを知ってるの」

徳次は驚いたように訊いたが、顔はだらしなくやに下がっている。

「深川の佐賀町じゃ、大層な噂になっていて、噂は風に乗って五間堀まで流れて来たわな」

音松は皮肉を込めたが、徳次は「そうかい。噂が流れていたってか」と、呑気に笑った。

酒の肴《さかな》は冷奴に鮎の白干し、蒲鉾が並んでいた。鮎の白干しは徳次が持って来たものだ。佐賀町の後家の所からせしめたのだろう。

お鈴は外の七厘で鮎を焼いて中に運んだ。

通り過ぎる人が、鮎とは豪勢なものだと羨ましそうに声を掛けた。

「一緒になるのかい」

勘助は気になる様子で徳次に訊く。

「どうだろうなあ。ま、当分の間は通いだ」

「通いって何んだよう」

房吉がよくわからないという顔で言う。音松だって訳がわからない。

「通いは通いよ。深川はうちの見世から、ちょいと遠くなるんで、そこから見世に行くのは難儀だからよう」

徳次は浅草の「江戸勘」という駕籠屋の人足だった。お鈴は時々、長五郎の下着などを徳次に届けて貰うことがあった。

「そいで、深川の後家をどうやってたらし込んだ」

房吉は早口に訊く。

「何んもしねェ」

徳次は鮎の身をせせりながら涼しい顔で応えた。

「うそつけ」

「うそじゃねェ。きっかけはよう、おれが客を乗せて深川に行ったことがあったのよ。客は材木問屋の旦那らしかった。商売がうまく行ったとかで、酒手《さかて》を弾んでくれた。で、客を下ろしたら小腹が空いてきた。何んか喰おうぜということになって、おれと相方《あいかた》は佐賀町のめし屋へ入った。そこにおすてがいたのよ」

「おすて？　店の名はおふくじゃないのかい」

房吉は腑に落ちない顔で言う。つまらないことをよく覚えている。音松は徳次の相手がおすてだろうが、おかめだろうが一向に頓着《とんちゃく》していなかった。

「おふくはお袋の名前だよ」

徳次はすっかり女の事情を呑み込んでいるようだ。

「おすては三年前に亭主が死んでから、ずっと身を堅くしていた女よ。だが、三十後家はもたねェとよく言うだろ？　おれ達が褌《ふんどし》に半纏引っ掛けた恰好で店に入って行くと、おすての奴、くらくらっとなったのよ」

「まさか」

音松はばかばかしくなった様子で吐き捨てた。

「ほんとだって」

徳次は真顔で言う。駕籠舁きは冬でも裸同然の恰好で駕籠を担《かつ》ぐ。おまけに徳次の腕と背中には見事な彫り物がある。逞《たくま》しい徳次の身体を目の当たりにして、おすてという女が穏やかな気持ちでいられなくなったのは、お鈴もわかるような気がした。まして、三年もの間、身を堅くしていたのなら、なおさら。

だが、そんなことは、男達の前では口にしなかった。

徳次は仕事を終えると深川に通い、とうとう、おすてと理《わり》ない仲になったようだ。

「ま、何んでもいいから、一緒になるんなら、早くした方がいい。おいら達も三十四だ。いつまでも馬鹿をやる年ではないよ。徳次も、そろそろ落ち着いた暮らしをすることだ」

勘助は徳次を諭すように言った。

「音松。ところで、深川の侍はここへ来たかい」

徳次は自分の話が済むと話題を変えるように言った。

「ああ、来たぜ」

「だんびら、引き取ったのかい」

「いいや」

「どうして。あいつ、相当、困っていたんだぜ。嫁が床に就いたもんだから、あいつは仕事を休んで看病していたのよ。仕事を休めばお足は入ってこねェ。このままだと日干しになると泣いていたから、おれが鳳来堂に行けと口を利いてやったんだ」

「あのだんびらは引き取れねェ。まともに買うとしたら百両の値がつくそうだ。だが、菱屋の兄貴は五両しか貸せねェと言った。幾ら商売でも、あこぎなことはしたくねェと思ってよ。おれは手放さずに持っていろと勧めた」

「何んだ、黙って引き取ったら、いい儲けになったによう」

商売っ気のない音松に徳次は呆れた顔になった。音松は黙って手酌で猪口に酒を注いだ。

「お鈴、徳利が空だぜ」

「はいはい」

お鈴は慌てて台所に向かった。

「そのまま帰した訳じゃないんだろ？」

勘助は台所のお鈴を気にしながら低い声で訊いた。勘助にはお見通しらしい。

音松は観念して、唇に人差し指を押し当てた。

「幾ら持たせた」

勘助はすかさず訊いた。

「一両」

「………」

「危ねェんじゃねェか、それ」

房吉も心配顔で言う。勘助と房吉の心配はもっともなことだった。うまい口で人を騙す輩は、この江戸にはごまんといる。もしも村上の持って来た刀がそぼろ助広でなかったなら、音松もそんなことはしなかっただろう。

音松は村上に同情したと言うより、そぼろ助広という刀工に敬意を払ったのかも知れない。だが、音松は、そぼろの謂《いわ》れを、三人にあれこれ語るつもりはなかった。いかにも青臭い気がした。

お鈴が徳利を持って来て、火鉢の鉄瓶の中に沈めると、自然にその話は終わっていた。

お鈴の耳に入れない方がいいと、男達は暗黙の内に了解していたのだ。

村上与五郎が置いていった竹光は、間もなく別の浪人の手に渡った。二朱で売れたので、音松は一両の内、幾らかは取り戻せた。

お鈴はもちろん、音松が竹蔵から一両借りて村上に融通したことなど知る由もなかった。

それを知ったのは梅雨が明け、江戸がいやというほどの暑さになった頃だった。

鳳来堂は日除《ひよ》け幕《まく》を設《しつら》えた。お鈴は店前にまめしく打ち水をするが、強い陽射しで、すぐに地面は乾いた。そんな日は火を使いたくない。素麺《そうめん》、冷奴、煮売り屋のお菜と、お鈴は汗にならない料理を、あれこれと算段していた。

「ごめん」

声を掛けられ、お鈴は店座敷から外に眼を向けた。眩しい陽射しが逆光となり、二人連れの男女の顔に黒々とした影を差した。表情はわからなかった。お鈴はそれでも愛想のいい笑顔を拵え、「お越しなさいまし」と、応えた。外に出て行くと、それはいつかの村上という浪人だった。いや、すぐにはわからなかった。旅姿であったし、髭をきれいに剃った村上は別人とも思えたからだ。傍で妻らしい痩せた女が小腰《こごし》を屈《かが》めた。

「音松はおるかな」

村上は笑顔で訊いた。

「申し訳ありません。うちの人は、ちょいと出ているんでございますよ」

「やあ、それは残念。おかみ、我等は国許に戻ることになった」

「まあ……それではご仕官が叶ったのでございますか」

お鈴の声が弾んだ。

「うむ」

村上も嬉しそうに肯いた。

「おめでとうございます」

「ここへ参ってからほどなく、藩から呼び出しがあっての、ばたばたと決まった。すぐにでも知らせようと思っていたが、何しろ色々仕度がござって、今日になってしまった。いや、あいすまん」

村上はそう言って頭を下げた。

「うちのことなど、別にお気に掛けていただかなくてもよござんすよ」

「いや、そういう訳には参らん」

村上が何を言いたいのか、お鈴にはわからなかった。

「おかみには内緒にしてくれと約束していたが、音松が留守ではどうにもならぬ。くれぐれもよろしく言うてくれ」

村上はそう言って紙に包まれたものをお鈴に差し出した。

「これは何んでございますか」

お鈴は怪訝な眼で村上と妻の顔を交互に見た。

「拙者は音松から一両を借りたのだ」

「……………」

「その一両は、音松が質屋の兄から借りたそうだ。だからおかみには内緒にしてくれと釘を刺されていたのだ」

「そうだったんですか」

お鈴はようやく合点した。

「本当にその節はありがとう存じました。お蔭でわたくしどもは息をつぐことができました。江戸で暮らして一番苦しい時だったのでございます。地獄で仏とはこのことかと主人と話し合ったものでございます。それから間もなく、仕官のお知らせが参りました。大事な刀を手放さずにいられたのも音松さんのお蔭でございます。わたくしからもお礼を申し上げます」

村上の妻は深々と頭を下げた。色白の可愛らしい女だった。村上が何を差し置いても妻の病を治してやりたいと思った気持ちがよくわかった。だが、お鈴は何んと応えていいのか迷った。黙って見ず知らずの人間に一両もの大金を貸すとしたら、お鈴は反対するに決まっていた。

それでも音松は敢えて貸した。村上の人柄を買ったことだとしても、お鈴は音松の度胸に感心する思いだった。もしも、返済が叶わなかったとしたら、音松はどうしたのだろう。

「それでは、我等は先を急ぎますので、これでご無礼致す」

村上はお鈴の思惑など頓着《とんちゃく》した様子もなく、笑顔で言った。

「道中、お気をつけて。まあ、今日は特別の暑さなので、お大変でございますねえ」

「なに、国許に帰れると思えば暑さなど、何んのその」

村上は晴れ晴れとした顔で妻を振り返った。

二人は強い陽射しをものともせず、楽しそうに五間堀から去って行った。お鈴は長いこと二人を見送っていた。

店に入り、紙を開けるとそこには一両と一分が入っていた。一分は利子のつもりだったのだろう。

そのまま音松に渡せば、ろくなことに遣わない。菱屋には自分が返そうと思った。それに利子の一分はおゆりの祝儀にできるというものだ。

「ああ、よかった」

お鈴は無邪気に喜んだ。結果的には、鳳来堂は損をせずに済んだのだ。よし、今夜はご馳走を張り込むかと、お鈴は即座に思った。

六

音松は昼過ぎに鳳来堂に戻って来た。お鈴は村上の話は後回しにして店番を任せ、買い物に出た。

六間堀のかまくらの板場に顔を出し、板前にあれこれ指図していた勘助に鰻《うなぎ》の蒲焼を四人前頼んだ。町の鰻屋で買うより、よい品が手に入るからだ。徳次は来るかどうかわからないので省《はぶ》いた。もし来たとしたら、お鈴は自分の分を出すつもりだった。

「どうしたんだい、お鈴さん」

勘助は怪訝な顔で訊く。普段は辛抱なお鈴が蒲焼を張り込むとは穏やかでないと思っている。

「ええ、ちょいといいことがありましたもので、今夜は鰻でも張り込もうかと思いましてね」

「四人前って、おいらの分も入っているんですかい」

勘助はさもしいことを言う。料理人達が呆れたような顔で苦笑した。確かに料理茶屋の主の言葉とは思えない。

「ええ、もちろん」

だが、お鈴がにこやかな笑顔で応えると、勘助は相好を崩した。笑うと愛嬌のある顔だ。

「そいじゃ、おいらが晩酌に間に合うように届けますよ」

「まあ、そうして下さるんなら助かります」

「おいらの分は、おまけしますからね」

勘助は鷹揚に言う。

「勘助さん、いいことがあったと言ったでしょう？　だからこれは、あたしの奢《おご》りなの」

「いいんですかい、甘えても」

「ええ、まかしといて」

お鈴は鰻の代金二百文を払うと、いそいそと板場を出た。その足で浅草広小路の菱屋へ向かった。

何か手土産をと考えたが、おゆりが菓子屋へ嫁ぐのに、他の店の菓子でもないだろうと思い、途中、路上で振り売りの花屋が一服しているのに眼を留めると、仏壇に供える花を求めた。おむらは仏壇の世話をまめにする女なので喜んでくれると思った。

竹蔵に一両を返し、羽織の礼を述べて鳳来堂に戻った時は夕方になっていた。暑い中を歩いたので、すっかり汗になった。晩飯の下拵えをすると、お鈴は近所の湯屋へ行き、ざっと汗を流した。

湯船に浸かって眼を閉じると、村上と妻の姿が脳裏に浮かんだ。今頃はどこまで行ったろうかと思った。今夜は最初の宿場で夫婦なかよく過ごすことだろう。国許に帰ったら、一日も早く子ができるようにと、お鈴は祈らずにはいられなかった。

それにしても音松が村上に一両を用立てた理由がもう一つわからなかった。竹蔵も、それについては何も言わなかった。あい、確かに、と言っただけだ。借用書も取り交わさなかった様子である。実の兄弟だから、そんなしち面倒臭いことはしないのだろう。

音松は、村上の仕官がすぐに叶うと信じていたのだろうか。まさか。それとも、あの刀に理由があるのだろうか。お鈴は考えても考えても音松の意図がわからなかった。

お鈴が茹で蛸のように顔を赤くして鳳来堂に戻ると、すでに勘助が蒲焼を持ってやって来ていた。

「お鈴、いいことがあったそうだが、そいつは何よ。蒲焼を奢るなんざ、ただごとじゃねェ」

音松の顔は期待に膨らんでいる。もしかしたら無尽《むじん》の金でも入ったのではないかと思っているらしい。

「ええ。お前さんが用立てた一両に一分の利子がついて戻って来たんですよ。村上様は晴れてご仕官が叶い、奥様とお国許へ向かう時にここへ立ち寄って下すったんですよ。やっぱり、お前さんが見込んだだけのお人でしたね。一両は菱屋さんにお返しして、ついでに一分はおゆりちゃんの祝儀にさせていただきますよ。お前さん、ありがと」

お鈴はしゃらりと応えた。呆気に取られた音松の横で、「そうかい、戻って来たのかい。そいつァ、よかった」と、勘助は言った。

「あら、勘助さんもご存じだったんですか。友達思いだこと。女房のあたしがちっとも知らなかったというのに」

勘助は墓穴を掘って、どうしていいかわからない顔になった。

「お前なあ、勝手にそんなことしていいと思っているのか。こいつは男と男の約束なんだ。女はすっこんでいろ」

「あら、菱屋さんにお返ししちゃ、駄目だったんですか。おゆりちゃんの祝儀も用意しなくてよろしいんですか」

「お前ェの出る幕じゃねェと言ってるんだ」

音松は声を荒らげた。一両はともかく、一分は自分の懐に入れたかったのだ。

そんなことは、お鈴には先刻承知之助《せんこくしょうちのすけ》だった。

「だったら、あたしはどうしたらよかったんですか。お前さんが持ち慣れないお金を持つとろくなことにならないから、その前に払うものは払っておこうと思ったあたしが間違っていたんですか」

「だいたいお前ェは亭主を亭主とも思わねェ女だ。何んでも勝手にやっちまう。そいつが気に入らねェんだ」

興奮した音松は、お鈴が以前に道具を安く売ってしまったことやら、親戚の法事を忘れてしまったことやら、お鈴の失敗を挙げて詰《なじ》った。

「そんなにあたしの悪口を並べ立てちゃ、通り道が塞《ふさ》がってしまいますよ」

「何んだとう！　お前ェは全体《ぜんて》ェ、欲深《よくふか》な女なんだ。損になることにゃ眼を吊り上げる」

「お言葉ですがね、あたしが欲深な女なら、一文なしの男へなんざ、嫁に来るものか」

「音松。もうそのぐらいにしておけ」

勘助が二人の間に入って制した。鳳来堂の周りには人垣ができた。

「音松が女房と喧嘩しているよ。幾つになっても業晒《ごうさら》しな男だ」

年寄り連中の声が聞こえた。その時、房吉がやって来た。房吉は訳がわからないまま、「退《の》いた、退いた。見世物じゃねェ」と、下っ引きのように吼《ほ》えた。そういう時の房吉は滅法、男らしい。

「あたし、もういや」

人がいなくなるとお鈴は前垂れで顔を覆って泣いた。

「音松。お前ェが悪い」

房吉は相変わらず、訳がわからないまま、お鈴の肩を持った。

「そうだよ。内所のことは女房に任せとけばいいんだ。それがいっち、丸く収まる方法だ」

勘助も相槌を打った。音松は長い吐息をつくと、「お鈴、蒲焼が冷めちまわァ。さっさと仕度しな」と、ようやく言った。

「え、蒲焼だって？　本当かい。ささ、早く喰おうぜ」

房吉は途端に色めき立った。

その夜も徳次は来なかった。お鈴が村上与五郎の仕官が叶った話をすると三人は心から喜んだ。

「な、もしもあの時、五両で手放していたら、今頃、村上様は悔やんでも悔やみ切れなかったと思うぜ」

音松はお鈴を詰ったことなどけろりと忘れて言う。

「本当にそうですね。お前さんはいいことをしましたね。村上様も奥様もお礼をおっしゃっておりましたよ」

お鈴も音松の機嫌が直ったので安心したように応えた。

「そぼろ助広が引き留めたのかも知れねェ」

音松は独り言のように呟いた。

「あの刀はそぼろ助広って言うのかい。妙な銘がついてるものだ」

勘助は不思議そうに言う。

「おれもそぼろよ。そぼろ音松だァな」

音松は自嘲的に声を張り上げた。

「音松がそぼろなら、勘ちゃんはおぼろだ。おれはぼろぼろで、徳次はぼろくそだ」

房吉はぼろ尽くしにして無邪気に喜んでいる。

「村上様の刀にお前さんは惚れ込んだんですね」

お鈴はようやく音松の気持ちを察した。

だが音松は、「おれはだんびらなんざ、わかんねェよ」と、照れ笑いにごまかした。

音松は古道具屋として目利きとなりつつあるのだと、お鈴は思う。優れた道具に対して、ある種の勘も働くようになったのだ。そう思うと、途端に音松が頼もしく見えた。

夏の夜は静かに更けてゆく。どこからか按摩《あんま》の笛の音が聞こえた。房吉は酔い潰れて寝てしまった。勘助も眠い眼をしている。

「お前さん、もう一本、飲むかえ」

手酌で飲んでいた音松の徳利が空になると、お鈴はそっと訊いた。

「いや、もう仕舞いにする。お鈴、村上様は倖せそうだったかい」

「ええ、それはもう」

「よかったな」

「ええ、本当によかったですよ。何も彼《か》もお前さんのお蔭だって」

「おれのお蔭けェ……おれも結構、人の役に立っているんだな」

「ええ、十分に人様のお役に立っておりますよ」

お鈴はここぞとばかり音松を持ち上げた。音松は嬉しそうに小鼻を膨らませた。

びいどろ玉簪《たまかんざし》

一

長月《ながつき》の十五日は神田明神《みょうじん》の祭礼だった。神田明神と山王権現《さんのうごんげん》、それに深川八幡の祭礼が江戸の三大祭りとして有名である。町の負担を軽くする目的で、それぞれの祭礼は隔年《かくねん》ごとに行なわれていた。

本所の五間堀に住むお鈴が、わざわざ神田明神の神輿《みこし》見物に出かけたのは、母親の古くからの知り合いが手古舞《てこま》いに出るからだった。お鈴の母親のおもとは一人で行くのが心細く、お鈴に同行を頼んできたのだ。

おもとは本所横網町《よこあみちょう》の裏店で独り暮らしをしていた。お鈴は一人娘だったので、もちろん、おもとのことは心配である。早く五間堀の家に呼び寄せて一緒に暮らしたかった。

だが、おもとの隣りには、おもとの姉が住んでいた。お鈴にとっては伯母に当たる人だ。

伯母のおすさは亭主に先立たれ、子供もいないことから、やはり独り暮らしをしていた。

おもとはその姉を置いてお鈴の所へ身を寄せるのが心苦しく、同居を拒んでいた。

だが、おもとの本心は、お鈴の亭主の音松が嫁の母親と伯母の面倒を見られない甲斐性《かいしよう》のなさに腹を立てているのだ。

「二人とも五間堀に来て一緒に暮らしなよ」と音松が言うのを待っているのかも知れない。

音松はそんな太っ腹なことは言わない。いや、言えない。今だって夫婦二人で食べるのが精一杯なのに、母親はともかく、伯母の面倒までは見られない。面と向かって音松に言われた訳ではないが、お鈴は音松がそう思っていると察していた。

娘夫婦に世話になっていないせいもあろうが、おもとは音松に対して遠慮がない。だいたい、おもとが音松を褒めたことはただの一度もないのだ。二言目には、あの呑兵衛《のんべえ》だの、がらくた屋だのと、こき下ろす。実際、おもとの言う通りだから、お鈴も返す言葉がない。おもとは酒好きの亭主を持って、さんざん苦労したから、せめて娘だけは酒を飲まない男の所へ嫁がせたかったのだ。

しかし、世の中は思い通りにいかない。

お鈴は音松と所帯を持って十年以上も経つが、よほどのことがない限り、おもとの方から五間堀へ足を向けることはなかった。おもとは着物の仕立ての仕事をしているので、忙しいことを理由にするが、お鈴はどこか寂しさを感じていた。

特におもとの好物のお菜を作る時、おっ母さん、ひょいと顔を出さないだろうかとお鈴は思ってしまう。そんなことは滅多になかったのだが。

だから、おもとの方から、明神さんの神輿行列を見物しに、一緒に行っておくれでないかと言われた時は大層嬉しかった。おすさは膝が悪いので、祭り見物には誘えなかったらしい。

神田明神の手古舞いに出る知り合いとは、柳橋で芸者をしている豊八《とよはち》のことだった。

豊八はおもととさして年の差のない四十八だ。芸者としては年増《としま》も年増、大年増である。

その豊八が若い者に混じって手古舞いに出るというのだから元気なものである。

豊八はでっぷりと太っていて、お座敷に出る時は髪も大造りに結うので、なおさら顔が大きく見える。お世辞にも褒められたものではない。それでも喉がよく、客あしらいもいいので贔屓《ひいき》がついていた。豊八は清元《きよもと》の名取りでもあった。

お鈴は祭礼の当日、横網町におもとを迎えに行き、両国橋から舟で日本橋へ向かった。

神田明神の神輿行列は町々を練り歩き、日本橋を渡って京橋で折り返す行程である。

お鈴は日本橋で豊八の手古舞いを見物する段取りをつけた。日本橋なら、折り返した時、もう一度、豊八の姿が見物できると思ったからだ。他の町では通り過ぎて終わりだった。

だが、日本橋だろうが、どこだろうが、見物客が繰り出して、通りは立錐《りっすい》の余地もなかった。ぼやぼやしていたら、おもととはぐれてしまいそうだった。おもとはお前と一緒でよかったとお鈴に言った。おもとは何度も人とぶつかりそうになり、その度にお鈴に腕を取られていたからだ。しっかりしていると言っても、おっ母さんもそろそろ年だ、お鈴は胸で独りごちた。

各町の山車《だし》と神輿を担ぐ男達に混じって手古舞いの芸者衆の一団がやって来ると、二人の眼は一心に豊八の姿を探した。手古舞いの芸者衆は髪を男髷《おとこまげ》に結い、着物の右肩を脱いで派手な襦袢《じゆばん》を見せていた。伊勢袴に手甲《てつこう》、脚絆《きやはん》、足袋《たび》、草鞋《わらじ》履《ば》き。背中には花笠を括《くく》りつけ、手には錫丈《しやくじよう》と牡丹を描いた黒骨の扇子を携《たずさ》え、木遣《きや》りをうたいながら舞い歩いていた。居並ぶ芸者衆の中で、やはり豊八は人目を引いた。

顔見知りの客は豊八へ盛んにからかいの言葉を掛ける。

「おうおう、大丈夫かい。引っ繰り返ったって、その体格じゃ、誰も運べねェぜ」

豊八は踊りの合間に、客に向けて、ぶつような仕種《しぐさ》をした。その度に見物客からどっと笑いが起きた。

「お鈴。豊八姐《ねえ》さんの衣裳は、あたしが縫ったんだよ」

おもとは興奮した口調でお鈴に教えた。

豊八はおもととお鈴に気づいて、扇子で合図を送った。周りの人々は苦笑交じりに二人を見た。あの太っちょの芸者の知り合いかいという表情だった。

皆んなは知らないのだ。豊八がどれほどの美声かを。お鈴は木遣りではなく、豊八の清元節を聞かせてやりたかった。それも祭礼にふさわしい「神田祭」を。

〽ひと年《とせ》を、今日ぞ祭りに当たり年、警護手古舞はなやかに、飾る桟敷《さじき》の毛氈《もうせん》も、色に出にけり酒《ささ》きげん、神田囃子も勢《きお》いよく、来ても見よかし花の江戸、祭りに対の派手模様、牡丹、くわん菊、裏菊の、由縁《ゆかり》も丁度、花づくし、祭りのなァ、派手な若い衆が勇《いさ》みにいさみ、身なりそろえてヤレ囃せソレ囃せ、花山車、手古舞、警護に行列よんやさ。

豊八が艶《つや》っぽく口ずさむ「神田祭」は、そのまま神田明神の祭礼を活写していた。

子供の頃、豊八はお鈴に、その「神田祭」をうたって聞かせたことがあった。子供ながらお鈴はすっかり、その喉に魅了された。

豊八はお鈴を可愛がっていたので、清元の稽古をつけてくれると言った。なに束脩《そくしゅう》(謝礼)などは取らないと太っ腹に言い添えた。

大いに気を惹かれたが、一人で豊八の家を訪れるのに気後れを覚え、とうとう習わずじまいになってしまった。今頃になって、あの時、習っておけばよかったと後悔していた。

芸は身を助くという諺《ことわざ》もある。もっとも、古道具屋の女房には無用のものであるが。

豊八が祭礼の手古舞いに出るのも、あと何回もないだろう。芸者稼業をそろそろやめたいということも言っていた。

じっと家にいたら、ますます太ってしまうのではなかろうか。お鈴はつい、余計な心配をしてしまう。豊八は酒も甘いものも好きな両刀遣いだった。羊羹《ようかん》を食べながら酒を飲むのは豊八ぐらいのものだろう。音松にそれを言うと、「うへェ」と、大袈裟に顔をしかめたものだ。

神輿行列が去ると、お鈴は近所の蕎麦屋におもとを連れて行った。うまそうにおもとは蕎麦を食べたが、勘定をする段になってお鈴が支払おうとすると眼を吊り上げた。

「お前に奢って貰うほど落ちぶれちゃいないよ」

おもとは虚勢《きょせい》を張り、さっさと二人分の蕎麦代を払ってしまった。多分、日本橋へ同行した礼のつもりなのだろうが、それならそうと素直に言えば、お鈴も快くご馳走になったのだ。お鈴はむっと腹が立った。

帰りの舟の中では、とうとう二人は口も利かなかった。本所に着くと、「あい、お世話様」、おもとはつっけんどんに言って横網町の裏店にそそくさと戻って行った。おもとの所で茶の一杯も飲むつもりだったお鈴は呆気に取られ、「愛想なしは相変わらずだこと」と皮肉で返した。おもとは振り返ってぎろりと睨んだが、お鈴はそのまま五間堀に踵《きびす》を返していた。

二

神田明神の祭礼が終わると、江戸の秋は深まる一方である。お鈴はこんにゃくを串に刺し、田楽《でんがく》の下拵えをしていた。三角に切ったこんにゃくを串から外れないように刺す手際は、料理茶屋「かまくら」を営む勘助から教わった。こんにゃくに絡《から》める味噌だれは赤味噌を酒と砂糖で溶き、焦《こ》がさないように煮詰める。好みで柚子や生姜《しょうが》の汁を落とせば乙だという。

味噌だれはうっとりするほどいい味に仕上がった。後はこんにゃくの用意だ。食べる時は鍋に湯を沸かし、その中でこんにゃくを温める。水気をさっと拭って味噌だれを掛ければ、屋台に負けないお鈴田楽のでき上がりである。ふっとおもとの顔が脳裏を掠《かす》めた。あれからおもととは会っていなかった。お鈴は一抹の寂しさを感じながら、串刺しの作業を続けた。

「ごめん下さい。お頼みします」

店先から若い娘の声がした。それとともに、キャッキャと子供がふざけるような声も聞こえた。

「はあい、ただ今」

お鈴は前垂れで手を拭うと店に出て行った。

若い娘というより、まだ十二、三の少女と五歳ぐらいの男の子が店の土間口にいた。男の子は並べられている品物に興味を惹かれた様子で、鋳物《いもの》の亀に小さな手でそっと触《さわ》った。少女が「触らないの」と、甲高い声で叱った。

きょうだいらしい。二人の恰好は垢《あか》じみていた。物貰いではなかろうかと、一瞬、思ったほどだ。

「ここは道具屋さんですね」

だが、少女は存外にしっかりした口調で訊いた。

「はい、そうですけど……」

「あの、簪《かんざし》を買ってほしいのですけど」

「簪？」

「ええ。おっ母さんが病に倒れて働けなくなり、お米を買うお金もなくなったんです。それでおっ母さんが簪を売って来いって言ったんです。質屋さんより道具屋さんの方がいいだろうって。それでこちらへ来ました」

「あんた達、この辺の子？」

そう訊くと、男の子は少女の顔を見上げた。

少女は何も言うなという感じの目つきをした。

「この辺の子じゃないでしょう。悪いけど、子供から品物は買わないことにしてるんですよ」

お鈴はやんわりと断った。

「でも、それじゃ、おっ母さんに叱られる。小母さん、後生です。簪を買って下さい」

少女は切羽詰まった顔でお鈴に縋った。

「どんな簪？」

お鈴は試しに訊いた。少女は帯に挟んでいた紫縮緬《ちりめん》の袱紗《ふくさ》を取り出し、そっとお鈴の前に置いた。袱紗は色が褪《さ》めていたが上等の品物だった。

「拝見致しますよ」

お鈴は顎をしゃくって袱紗を開いた。中から年代物の簪が出てきた。こちらも上等の品だった。

「玉はびいどろで、周りは銀細工です」

少女はお鈴の顔色を窺いながら言う。

「ええ、それは見りゃわかりますよ」

お鈴は少女をいなすように応えた。そういう簪を挿《さ》す娘は町家でも滅多にいない。大名のお姫様ぐらいだろうと思った。

「どうしてこれがあんたの家にあったの？」

そう訊くと、少女はつかの間、言葉に窮《きゅう》した。だが、「おっ母さんが、昔奉公していた家の奥様からいただいたそうです」と応えた。

「ずい分、ご大層なお家に奉公していたのだね」

お鈴は皮肉ではなく、半ば感心して言った。

「おっ母さん、それを持って死んだお父っつぁんと祝言を挙げたんです。お父っつぁんは呉服屋の番頭をしていて、あたし達、倖せに暮らしていました。でも、金助《きんすけ》が生まれる少し前にお父っつぁんは病で死んだんです。それからおっ母さん、女手一つであたし達を育ててくれたけれど、無理が祟《たた》って病になっちまったんです。お願いです。あたし達を助けて下さい」

「でもねえ……」

お鈴は簪と少女の顔を交互に見て思案した。

音松は出かけていたので、その簪に妥当な値がつけられなかった。だが少女は二朱でいいと執拗《しつよう》に迫った。二朱は銭に換算すれば五百文だ。いい客がつけば一両か、もしかしたら、それ以上に売れる品だと思った。

「いいの？　二朱で。おっ母さんに叱られない？」

お鈴は念を押した。

「ええ」

少女の顔が喜びでほころんだ。お鈴は内所へ引っ込み、長火鉢の引き出しから二朱を取り出して少女へ渡した。少女はこくりと頭を下げると、小さな巾着《きんちゃく》の中へそれをしまった。

「おね、腹減った」

男の子は台所から流れてくる田楽味噌の匂いに鼻をひくひくさせた。男の子は金助と呼ばれていたが、少女の名前はおねというのだろうか。

「おねちゃんなの？」

そう訊くと、少女は恥ずかしそうに首を竦めた。

「いいえ、あたしの名前はつぎです。金助は弟だからお姉ちゃんと呼ばせたかったんですけど、口が回らないので、おねとしか言えなかったんです。それがそのままになっちまって」

「そう、おつぎちゃんなの」

金助とおつぎの顔は、あまり似ていなかった。おつぎは涼し気な眼をしていたし、金助はくりっと大きな眼をしている。女の子は父親に、男の子は母親に似ることが多いので、二人の顔は両親から等分に引き継いだのだろうと、お鈴は思った。

「坊《ぼう》、お腹が減っているのかえ。小母さん、こんにゃくの味噌田楽を拵えているのだけど、食べてみる？」

お鈴がそう訊くと、金助は「うん！」と張り切って応えた。おつぎは気の毒そうな顔で、

「小母さん、すみません」と言った。

「いいのよ」

お鈴は台所に戻り、慌てて竈に鍋を掛け、湯を沸かした。こんにゃくの串を六本その中に入れ、温めた。子供だから、それほど熱くしなくてもいいだろうと考え、適当なところで引き上げ、皿にのせ、味噌だれを掛けた。

「さあさ、お上がり」

お鈴は店座敷に二人を座らせ、田楽を振る舞った。

「うめェ」

金助は感歎《かんたん》の声を上げた。口の周りが味噌だれで盛大に汚れた。お鈴は「まあまあ」と言いながら金助の口を拭ってやった。おつぎも空腹だったようで、嬉しそうに頬張っていた。三本ずつのこんにゃくを二人はまたたく間に平らげた。

「もっと食べる？」

お鈴が訊くと、金助は肯く。おつぎは遠慮して金助を制したが、お鈴はいそいそと台所に戻った。子供の喜ぶ顔を見るのがお鈴は好きだった。まして自分の手料理を喜んでくれるとならばなおさら。

お鈴は、もう二本ずつ食べさせようと、鍋の中へ串を入れた。その合間に、お鈴は二人の好物は何かとか、神田明神の神輿見物はしたのかとか、埒もないことを訊ねた。最初はおつぎが一々応えていたが、その内に何も応えなくなった。金助もおとなしくなった。お鈴は少し妙な心持ちになったが、そのままこんにゃくをゆがき続けた。

お代わりを持って店に出て行くと、どうした訳か二人の姿がなかった。待ち切れずに帰ってしまったのだろうか。吐息をついて何気なく帳場の机に目をやると、買い取った簪が袱紗ごとなくなっていた。やられたと気づいたのは、その時だった。

お鈴は慌てて下駄を突っ掛け、表に出た。

案の定、二人の姿は影も形もない。諦め切れず、六間堀の方まで追いかけてみたが、二人を見つけることはできなかった。品物をそのままにしたのがいけなかったのだ。

悔やんでみても後の祭りだった。深い吐息をついてお鈴は店に戻った。念のため、その辺を探してみたけれど、やはり簪はなかった。

おまけに、金助が触っていた鋳物の亀もなくなっている。

あんな無邪気な表情の子供達が騙《かた》りを働くとは思いも寄らない。だが、このまま放っておくこともできず、お鈴は自身番へ届けを出しに行くことにした。

三

北森下町の辻《つじ》にある自身番小屋へ行くと、土地の岡っ引きの虎蔵が見廻りから戻って煙管《きせる》を使っていたところだった。

お鈴を認めると、煙管を唇から離し、「どうしたい、浮かねェ顔をして」と、心配そうに訊いた。年中、外廻りをしているので、虎蔵の顔は渋紙色《しぶかみいろ》に陽灼《ひや》けしている。

「親分、騙りに遭っちまいましたよ。それも子供に」

「餓鬼の騙りィ？」

虎蔵は一瞬、呆気に取られたような表情になったが、その後で咳《せ》き込むような笑い声を立てた。

「笑い事じゃありませんよ。あたし、二朱と売り物の鋳物の亀を損しちゃったんですよ。うちの人が帰って来たら、きっと叱られる」

お鈴は意気消沈して俯いた。

「どんな餓鬼よ」

虎蔵は灰吹きに煙管の雁首《がんくび》を打ちつけて、ようやく訊いた。お鈴は金助とおつぎのことを思い出しながら話した。計画的だとすれば、二人の名前は偽名かも知れない。だが、「おね」と呼び掛けていた金助の口癖は素《す》のものに感じられた。

「これァ、あれだな。餓鬼の後ろに糸を引いてる野郎がいるな」

虎蔵は自身番の煤《すす》けた天井を睨んで独り言のように呟いた。

「母親が病に倒れたって言っていましたよ」

「それも拵え話だろう」

「……」

「何んでまた、簪をそのままにして二人の傍から離れたのよ」

虎蔵は詰《なじ》る目つきでお鈴に言う。

「金助って男の子がお腹が空いたと言ったんですよ。それであたし、ちょうどこんにゃくの味噌田楽を拵えていたので、ちょいと食べさせてやりたくて……」

「こんにゃくの味噌田楽か。うまそうだな。おれでも喰いてェ」

虎蔵は悪戯っぽい顔になった。

「よかったら、帰りにうちへ寄って下さいましな。おすそ分けしますよ」

お鈴はすぐに言い添えた。

「人がいいなあ、お鈴さん。お前ェさんの人のよさを、その餓鬼達は最初《はな》っから承知していたのかも知れねェぜ」

「そんな」

「いつもいつも、店前を通りゃ、いい匂いをさせて喰い物を拵えている。うまそうだなと言や、丼によそって分けてくれる。お鈴さんよう、お前ェさん、その人のよさを、ちったァ控えたら、もっと銭が貯まるぜ」

虎蔵はつかの間、真顔になって言った。

「親分。ですけどね、うちの人の所へ毎日のように友達がやって来るんですよ。来ればお酒になる。肴《さかな》がいりますよ。何もないと言えば、うちの人は機嫌が悪いの。ぷいっとよそへ飲みに行っちまう。飲み屋さんの支払いをするより、うちで飲ませた方がよほど安上がりだ。だから、何かしら毎日用意しているだけですよ」

「幕張は昔っからダチとつるんで歩く男だった。何十年もつき合いが切れねェというのも、おれから言わせりゃ奇特なこった」

虎蔵は半ば感心して言う。

「ま、人のうちのことまで、おれァとやかく言うつもりもねェ。お前ェさん達夫婦がそれでいいなら、結構毛だらけ猫灰だらけ、てなもんだ。騙りの餓鬼達のことは、おれもあちこち当たってみるぜ」

虎蔵はそう続ける。

「お願いします」

「ただし、銭が戻るかどうかはわからねェぜ」

虎蔵はお鈴に釘を刺した。

鳳来堂へ戻ると、音松が帰っていた。

冷めてしまったこんにゃくをぱくついている。

「こんな所へ田楽を出していたら、野良猫にかっぱらわれるぜ」

「もう、かっぱらわれちゃった」

お鈴は気の抜けた声で言った。

「ええ？」

「頭の黒い子猫二匹に」

「どういうことよ」

音松は口を拭ってお鈴に向き直った。お鈴は仕方なく、経緯《いきさつ》を打ち明けた。眼を吊り上げて怒るかと思ったが、音松は「そうけェ。ま、仕方がねェな、起きてしまったことは」と、存外にあっさりと応えた。

「怒らないの？」

「怒ったってどうしようもねェ。お前ェが悪事を働いた訳でもなし。その餓鬼達、お前ェからせしめた銭で今夜は晩飯にありつくことだろうよ。施《ほどこ》しをしたと思いねェ」

「……」

お鈴もそう思いたいが、時間が経つ内に次第に腹が立っていた。その腹立ちは、あの子供達より、未然に防げなかった自分の迂闊《うかつ》さに対するものだった。いい年をして、何をやっているんだかという気持ちだった。

「しかし、びいどろの簪たァ惜しいことをしたな。恩田様にでも声を掛けりゃ、きっといい値で引き取ってくれたものをよ。お鈴、これからはおれのいねェ時、余計なことはすんなよ」

音松はその時だけちくりと言った。

「あい、今度から気をつけますよ」

お鈴は殊勝に応えた。

四

「お鈴さん、災難だったなあ」

かまくらの勘助が気の毒そうに言った。その夜の酒の肴はこんにゃくの田楽ではなく、お鈴が騙りに遭った話が主役だった。

「おれに言わせりゃ、そういう話は別に珍しくもねェやな」

駕籠《かご》舁きの徳次は前歯でこんにゃくを噛みながら応えた。

「それはお前ェが、しょっ中、似たようなことをしているからよ」

酒屋「山城屋」の房吉が訳知り顔で言う。

「お言葉だが房吉よう、駕籠舁きの給金がどれぐらいのものか知らねェから、そんな口が叩けるんだ。まともにやっていたら、ひと月暮らすのも容易じゃねェのよ。ちったァ、客に酒手を弾んで貰わなきゃ、ひともがきもできやしねェ」

徳次は駕籠を担ぐことを、駕籠舁き仲間の隠語で「もがく」と言う。

「夏に組合の寄合が柳橋であったんだよ。その夜は珍しく盛り上がって、おいら、ちょいと酔ってしまった。柳橋から本所の六間堀まで、素面《しらふ》の時ならどうということもない道のりだが、その時は一町歩くのも大儀だった。徳次でもいないかなあときょろきょろしても、あいにく、影も形もない」

勘助はぼそぼそと話を始めた。勘助は大したことでなくても、人におもしろく話をする技に長《た》けていた。若い頃は噺家になりたかったそうだ。

「ああ、あの夜のことは覚えているぜ。おれは吉原《なか》で客待ちしていた。うまい具合に柳橋へ行く客がいたら勘ちゃんを乗せてやろうと心積もりしていたが、世の中、そうそううまい具合にはいかねェよな」

徳次が応えると、房吉は「んだな」と相槌を打った。

「仕方がない、ぶらぶら帰るかと覚悟を決めておいらは歩き出した。すると両国橋の袂《たもと》から、いきなり、へえ、駕籠でござい、と駕籠舁きが現れたんだ」

帰りなみでやるから乗っておくんなさいという。少し酔いが醒めていた勘助は六間堀まではすぐだからいらないと応えた。

「そんなことをおっしゃらず、二朱でやっておくんなさい」

駕籠舁きは執拗に誘う。両国橋から六間堀まで二朱は幾ら何んでも高過ぎる。

「二朱なら吉原から日本橋までの手間賃だ」

徳次が口を挟んだ。そうか、二朱とはそんな値《あたい》があるのかとお鈴は内心で思った。ったよりによって二朱が出てくるのも皮肉だった。

幕府が定める「御定賃銭《おさだめちんせん》」によれば、駕籠舁き人足の手間賃は一人百二十五文とされている。駕籠は二人で担ぐから二百五十文、一朱が妥当な値である。

「一朱なら乗ってやろう」

勘助は駕籠舁きにそう言って四ツ手駕籠に乗り込んだ。ところが最初は駆け足だったものが途中から息杖《いきづえ》を突いて、呑気に歩き出した。

「おい、ちょいとお練《ね》りじゃねェか」

勘助がそう言うと、駕籠舁きは、「相棒が腹が痛ェと言っておりやす。旦那、もうちいっと酒手を弾んで下せェ。そしたら我慢させやすんで」と応えた。勘助は冗談じゃない、歩いても帰れる道のりを一朱でいいというから乗ったんだ、これ以上は一文だって出すものか、と凄《すご》んだ。

駕籠舁きはむっとした様子だったが、それから少し足を早めた。

「へい、旦那、着きやした」

やがて駕籠舁きは勘助にそう言った。勘助が駕籠を降りると、そこは六間堀ではなく、東両国広小路の真ん中だった。すでに床見世も芝居小屋も店仕舞いして、辺りは閑散としていた。

「おいらは六間堀と言ったはずだ。馬鹿にしやがって!」

勘助は駕籠舁きを睨んだ。

「馬鹿になどしておりやせんよ。旦那、約束の二朱を下せェ」

駕籠舁きも喧嘩腰で手を出す。駕籠舁きは勘助を甘く見ていた。今でこそ鷹揚《おうよう》な顔をしているが、十九、二十歳の頃は三日にあげずに喧嘩三昧の日々を送っていた男だった。音松達は何度も仲裁に行ったものだ。

勘助は駕籠舁きの頬をいきなり張った。驚いた二人は息杖を武器に立ち向かってくる。それを脱いだ羽織で振り払い、腰を蹴飛ばし、挙句は息杖を奪って、したたか二人を打ちすえた。駕籠舁きは悲鳴を上げて逃げ出したという。

「とんだ立ち回りだの」

音松は苦笑交じりに言った。

「勘助さん、無茶はいけませんよ。相手によっては怪我をしたかも知れませんよ」

お鈴も窘《たしな》めた。勘助は悪戯っぽい顔で「あい」と応える。

「そいつ等も気の毒なこった」

徳次だけは同情して言った。

「なに、あいつ等も商売だ。殴られた上に只乗りされたとなったら肝も焼けるだろうと思って、駕籠の座蒲団に一朱を置いてきたよ」

勘助は徳次をいなすように応えた。徳次は安心したように、「さすが勘ちゃんだ」と笑った。

「だが、そんな雲助まがいの駕籠舁きは客の迷惑だ。どこの見世の奴等だろうな。わかっていたら、うちの親方から文句を言って貰うのによ」

徳次は言い添える。

「よせよせ。お前ェが人のことを言えた義理か」

房吉は口を挟んで、今度は徳次の武勇伝を語り始めた。お鈴は酒を取りに台所へ向かった。いつもは興味深く男達の話に耳を傾けるお鈴だったが、その日ばかりは心が浮き立たなかった。この世は人を騙したり、騙されたりの繰り返しなのか。あの金助という子も、姉のおつぎも、いずれいっぱしの悪人となるに違いない。そう考えるとお鈴の胸は切なく痛んだ。だが、こんにゃくの味噌田楽を頬張った二人の表情は無邪気だった。

空腹を満たすための騙りだとしたら、そんなことをするより、小母さんの所へおいでと言ってやりたい。食べさせるぐらいならお鈴にもできる。

その夜は月もない暗い夜だったが、煙抜きの窓からは滲んだような星がひっそりと瞬《またた》いていた。

五

無沙汰をしていたおもとの所へお鈴が顔を出したのは神無月に入ってからだった。

神田明神の祭礼であんな別れ方をしたのに、そこは親子、「あら来たのかえ」と、おもとが言えば、「ええ、ちょいと座禅豆（黒豆）を拵えたので」とお鈴も応える。

「おや、それはおかたじけだねえ。豊八姐さんが見えてるんだよ。ちょうどよかった」

おもとは如才なくお鈴を中へ促した。

狭い茶の間では豊八の姿が窮屈そうに見えた。

「姐さん、この間の手古舞いはご苦労さんでしたねえ。翌日は足が痛かありませんでしたか」

お鈴は三つ指を突いて挨拶すると豊八の労をねぎらった。

「痛いどころか、すっかり腫れちまってさあ、三日も按摩の世話になったよ」

豊八は、はちきれそうな顔に笑みを湛《たた》えて応えた。

「あらあら」

「おもとさんとお鈴ちゃんに見て貰って、わっ、わっちは嬉しかったよ。よく日本橋まで来ておくれだったねえ。ありがとう」

「そんなお礼を言われるほどのことでもありませんよ。お蔭でおっ母さんと久しぶりに一緒に出かけられたんですもの」

「でも、帰りに喧嘩しちまいましたよ。何しろ、この子は人を年寄り扱いするんでね」

おもとは座禅豆の丼と小皿を出しながら言う。

「いいじゃないか。わっちなんざ喧嘩をする相手もいないよ」

豊八は寂しそうに言った。おもととお鈴はそっと顔を見合わせた。豊八は母親を抱えていたので輿入《こしい》れする機会を逃してしまったと言っていたが、それは口実で、実は妻子のいる男と長い間、相惚れの仲だった。一時はその男も妻子と別れて豊八と一緒になるところまで進んだが、色々と不都合が出てうまくいかなかったらしい。

「あら、おいしそうな座禅豆。お鈴ちゃんは音松っつぁんと一緒になってから料理の腕が上がったね。昔はお米もろくに研げなかった」

「姐さん。それは大袈裟ですよ」

豊八はお鈴に小母さんと呼ばせない。昔から姐さんだった。

「お鈴の亭主はさあ、とにかく人を寄せるのが好きな男で、お鈴も大変なんですよ」

おもとが口を挟んだ。

「人の集まる家はいいんだよ」

豊八は座禅豆をおちょぼ口に入れながら言う。顔は大きいが口許だけは小さく可愛らしかった。

「そうでしょうか」

「ああ、そうともさ。それで家が栄えるんだ」

「姐さん。所詮、あんながらくた屋、栄えるといっても知れてますよ」

おもとはいつものように憎まれ口を叩いた。

「そんなこと、わからないよ。音松っつぁんのがんばりで江戸一番の道具屋になるかも知れないもの。おまけに倅が質屋に修業に出ているというじゃないか。楽しみだねえ。わっちは今からでも養子を迎えようかしらん」

「姐さん。姐さんの所へ養子に来るという者は財産狙いですよ。せっかく貯めたお宝を持っていかれる。よした方がいいですよ」

おもとは夢見るような表情になった豊八へずばりと言った。

「この間ねえ、そこの広小路で五歳ぐらいの男の子が迷子になっていたんだよ。姉とはぐれたらしくてさ、わあわあ泣いていた。わっちは可哀想でしばらく傍についててやったよ」

豊八はふと思い出したように言った。

「手拭いで顔を拭いてやったらさ、手拭いが真っ黒になっちまった。親がついていたら、もっと小ぎれいにさせているはずだ。きっと、ふた親はいないんだろう。親戚でも面倒を見ているのかねえ。あの年頃はちょろちょろして落ち着かないから、しょっ中、叱られたり、ぶたれたりしているんだろう。顔がねえ、紫色になっていたよ。ようやく姉がやって来たけど、その姉の顔もぶたれたような痕《あと》があった。あんまり不憫《ふびん》だから二人をわっちの家まで連れて行ったのさ」

お鈴の胸にこつんと響くものがあった。

「姐さん、何か盗られなかった？」

「おや、どうしてわかるんだえ」

豊八は怪訝そうにお鈴を見た。

「びいどろの簪を買ってくれと言わなかった？」

「いいや、わっちに亀の置物を買ってくれと言ったよ。一朱でいいからってさ」

いよいよ間違いない。例のきょうだいだ。

「それで出したんですか」

お鈴は豊八の言葉を急かした。

「ああ。亀は縁起物だからね。そしたら、わっちがちょいと目を離した隙に亀を持ってとんずらしちまった」

豊八は騙りに遭ったというのに愉快そうに話す。お鈴はいらいらした。

「姐さん。呑気にしている場合じゃありませんよ。その亀はうちの店の売り物だったんですから」

「まあ」

豊八はようやく真顔になった。

「そいじゃ、お前もやられたのかえ」

おもとはいまいましそうに訊く。

「ええ……」

「何んて迂闊なんだ。たかが五つ、六つの子供に」

「でも姉の方は十二、三だったから頭が回りますよ」

「そんなことしなくてもさあ、ちゃんとした大人がついていれば、まっとうな道を歩けるのに」

豊八はきょうだいが不憫で袖で眼を拭った。

お鈴は半刻（約一時間）ほどしておもとの家を出た。豊八は、今夜はお座敷がないので、おもとの所で一緒に晩飯を食べると言っていた。

お鈴はそのまま五間堀に戻るつもりだったが、ふと思いついて回向院《えこういん》前の東両国広小路へ足を向けた。もしかしたら、あのきょうだいに出くわすかも知れないという気がした。

東両国広小路は、大川を挟んだ所にある西両国広小路とともに江戸の繁華街だった。

日中は人の往来が多い。お鈴は二人の姿を探しながら、ついでに小間物の床見世に入り、湯屋へ行った後でつけるへちま水と、音松の使う耳搔きを求めた。

そろそろ陽が傾き始め、気の早い者は店仕舞いをしている。子供は大抵、大人と一緒で、きょうだいだけというのはいなかった。

吐息をついて家に戻ろうとした時、お鈴はけたたましい子供の悲鳴を聞いた。

ぎょっとして振り向くと、着物の上に、じょろりとした半纏を羽織った男が加減もせずに子供を打ちすえていた。

通り過ぎる人は皆、見て見ない振りをしていた。ぶたれていたのは紛れもなく金助だった。傍でおつぎが必死に庇《かば》っていたが、三十五、六の男は容赦しなかった。挙句に庇ったおつぎの腰を足蹴《あしげ》にした。おつぎは地面に引っ繰り返った。

「ちょっと！」

お鈴はたまらず男の前に出た。

「子供に何んてことをするんですか」

「誰だ、お前ェさん」

人相が悪い。まっとうな仕事をしていないのは明らかである。

「誰でもいいですよ。人の目もあるというのに」

「放っといてくんな。お前ェさんには関わりのねェこった」

「そうですかねえ。あんたに関わりがなくても、こっちには関わりがあるんですよ。あんた、子供を使って何をしているんですか。ちょいと自身番で話を聞かせていただきましょうか」

お鈴と男の周りに人垣ができた。おつぎはその隙に金助の手を取って逃げようとした。お鈴はそうさせなかった。

「駄目よ。ここにいるの」

「小母さん、堪忍して下さい」

おつぎは涙声で縋《すが》った。

「あんた達は悪くない。それはようくわかっている。悪いのはこの男だ」

そう叫んだ途端、男の大きな掌はお鈴の頬を張った。お鈴は思わずよろけた。

おつぎが「小母さん！」と悲鳴を上げ、男を睨んだ。

男は構わず金助の腕を引っ張り上げ、連れ去ろうとした時だった。駕籠舁きの息杖が男の脳天に炸裂した。男は頭を抱えて蹲《うずくま》った。

「おかみさん、大丈夫か」

心配そうに訊いたのは徳次だった。

「徳次さん……」

地獄に仏とはこのことだった。

「自身番にこの男を連れて行って。この子達に騙りを働かせているのは、この男よ」

お鈴は震える声を励まして叫んだ。おつぎはお鈴の腕をしっかりと握っていた。
お鈴はおつぎと金助を五間堀の鳳来堂へ連れて行った。その夜は泊まらせるつもりだった。

しかし、話を聞いている内、無宿者ふうの男がきょうだいの義理の父親だということがわかった。実の父親が死んだ後、きょうだいの母親はその男と所帯を持ったのだ。男の名は直吉《なおきち》と言い、母親より七つも年下だった。

母親は金助とおつぎに暴力を振るう男に何も言えなかったらしい。母親にとって、直吉が縋りつける唯一の男だったのだ。だが、直吉は仕事についてもすぐやめてしまう怠け者だった。当然、金には詰まる。母親に何んとかしろと凄み、殴る蹴るが始まるらしい。

きょうだいは切羽詰まって事に及んでいたようだ。

音松は金助を湯屋へ連れて行った。戻って来ると、今度はお鈴がおつぎを連れて行った。

何日も湯に入ったことのなかったおつぎの首筋は垢で真っ黒だった。お鈴は奥歯を噛みしめておつぎの垢を落とした。おつぎは悲鳴を上げたけれど、その顔は嬉しそうだった。

晩飯は四人揃って囲んだ。お鈴は魚を焼き、豆腐の味噌汁を拵えた。

二人は脇目も振らずに晩飯をむさぼった。

それを見て、音松はそっと眼を拭う。音松も二人が不憫だったのだ。

さあ、今夜は久しぶりにゆっくり寝ておくれ。お鈴が寝床の用意をして二人に言った時、表戸が無粋に叩かれた。

音松が出て行くと、そこには岡っ引きの虎蔵が立っていた。

「夜分、すまねェな」

虎蔵はそう言って、店座敷の縁《ふち》に腰を下ろした。

「どうでェ、二人の様子は」

「へい、湯屋へ行き、さっき晩飯を喰い終わったところです。これから寝かせようかと思っておりやした」

音松は茶の間を気にしながら応えた。おつぎは何かを察して緊張した顔になったが、「心配しなくていいのよ」と、お鈴は慰めた。

茶を淹れて店座敷に運ぶと、虎蔵はひょいと顎をしゃくった。

「そうですか」

「ああ。向こうの自身番でこってり灸《きゅう》を据《す》えられているぜ」

お鈴は気になって訊く。

「あの男はどうなったんですか」

しかし、そんなことで直吉が了簡《りょうけん》を改めるとは、お鈴には思えなかった。解き放しになれば元の木阿弥《もくあみ》だ。

「それでな、母親が子供達を返してくれと言ってるそうだ」

「でも、もう遅いですから今夜ぐらい泊まらせたいのですけど、いけませんか」

「母親は事情をあれこれ訊かれるのを恐れているのよ」

「そんな」

「仕舞いにゃ、か、か、かどわかしで訴えると凄んだ」

「………」

「実の母親がそう言うんだから仕方あんめェ」

「小母さん……」

後ろからおつぎが声を掛けた。

「あたし達、帰ります」

「でも……」

「おっ母さん、一人でいられない人なの。どうせお義父《と》っつぁん、今夜は自身番に留められるのでしょう？　だったら」

「あんた、それでいいの？　またあの男が戻って来たら、同じことになるのよ」

「仕方がありません。だって、あたし達のお義父っつぁんになった人だもの」

「お鈴。言う通りにしてやんな。おれ達はこれ以上、どうすることもできねェ」

音松は渋るお鈴を制した。

「いい？　ぶたれたら、ここへ逃げてくるのよ。小母さんがきっと庇《かば》ってあげるから」

お鈴は込み上げるものを堪えながら言った。

「ありがと、小母さん」

おつぎはそう言って、お鈴に何かを押しつけた。それは簪が包まれている袱紗だった。

「でも、これは」

「いいの。小母さんに売ったものだもの。これがあると、またあたし達……」

おつぎは言い難そうに口ごもった。

「ささ、ぐずぐずしていたら刻《とき》を喰う。おれが送り届けるから、お鈴さん、心配すんな」

虎蔵は腰を上げて言った。金助はもう眠くて仕方がないという表情で欠伸《あくび》を洩《も》らした。

去って行く二人の姿を、お鈴はやり切れない気持ちでいつまでも見つめていた。逃げ場所を作ってやったことで、おつぎと金助は、少しは気が楽になっただろうか。

子供は親を選べないと言うが、本当にそうだ。びいどろの玉簪はすがれた色をしていた。

磨いたら、さぞかし美しい光沢を放つだろう。

思わぬ出物には眼を輝かす音松も、その夜だけは、しんみりと簪に見入っているばかりだった。

六

金助とおつぎは、それから鳳来堂には現れなかった。お鈴は二人のことが気になっていたが、冬仕度のために訪れる客が続き、その相手をしている内、日は過ぎていった。

夏の間は無用だった炬燵《こたつ》の櫓《やぐら》、火鉢等が飛ぶように売れる。鳳来堂では新品の半値でそれ等を手に入れることができる。季節の変わり目は鳳来堂のかきいれ時でもあった。

音松は大八車に品物をのせ、客の住まいに運び、戻って来ると、また別の客の所へ品物を運ぶという繰り返しだった。

夏の間は開けっ放しだった二間の油障子も天気のよい日以外、閉じていることが多い。

店座敷の火鉢の上では、鉄瓶が白い湯気を立てている。それも季節柄、ほっと見る者の気持ちを和ませた。

その日、お鈴は魚屋で大安売りだった小ぶりの鰯《いわし》を山ほど求め、大鍋で煮付けていた。

頭と腹を取った鰯は一度茹でこぼし、生姜と梅干し、鷹《たか》の爪、それに砂糖、酒、醤油で甘辛く煮付ける。骨まで食べられ、しかも日保《も》ちするお菜だった。梅干しを入れるのがミソで、味が何んともまろやかになるのだ。

ことこと気長に鰯を煮ている間、お鈴は台所で汁の実にする大根を千六本に刻んだ。

「いたかえ」

土間口から聞き慣れた声がした。おっ母さんだ、そう気づくと、お鈴は飛び跳ねるように店に出た。

おもとは岡っ引きの虎蔵と一緒だった。

虎蔵は七厘の鍋が気になるようで、そちらへ視線を向けている。

「親分。帰りに鰯の煮付けをお持ちなさいましな。今晩の一杯のお菜にどうぞ」

お鈴は如才なく勧める。虎蔵は「ありがとよ」と応えたが、その後で短い吐息をついた。

少し様子がおかしかった。おもとも、いつもなら「鰯ごときでご大層に言うよ」などと憎まれ口を叩くのだが、その時は妙に神妙だった。それどころか、おもとの眼は気のせいか赤くなっているようにも見えた。

「何かあったの」

お鈴は恐る恐る訊いた。伯母のおすさに異変でもあったのかと内心で思った。だが、虎蔵が一緒だというのは解せない気もする。

「親分。立ち話も何んですから、むさ苦しい所ですが中へどうぞ」

おもとは返答の代わりに虎蔵を店座敷へ促した。虎蔵は「あ、ああ」と歯切れ悪く肯いて土間口に足を踏み入れた。

お鈴は手早く茶の用意を始めた。

「おっ母さんと親分が一緒にうちへ来るなんて初めてじゃないかしら」

お鈴は不安を覚えていたが、わざと明るい声で言った。

「来る途中の辻で親分とばったり会ったのさ。鳳来堂へ行くところだと言ったら、そいじゃ一緒にってことになった。親分も一人じゃ気後れするって。実はあたしもそうだったから」

「おっ母さん、まどろっこしい。さっさと話してよ」

お鈴はいらいらしておもとの話を急かした。

「あ、ああ。すまなかったね。実は今朝方、豊八姐さんが血相を変えてやって来たんだよ。お鈴に知らせておやりってさ」

おもとはため息交じりに言う。

「だから何！」

そう訊くとおもとは黙り、そっと虎蔵の顔を見た。

「そのう……二人の餓鬼のことよ」

虎蔵は言い難そうに応えた。

「金助とおつぎちゃん？　あの二人、また何かしたの」

「いいや、そうじゃねェ。昨夜、直吉は柳橋の舟宿から舟を借りたらしい。それに二人を乗せたようだ」

「川遊びの季節でもないでしょうに」

「全くだ。四つ（午後十時頃）過ぎに舟は戻って来たが、直吉一人で餓鬼どもの姿はなかったそうだ。舟宿の番頭は、二人はどうしたと訊いたが、直吉は言うことを聞かねェから、途中で舟から下ろしたと応えたそうだ。どうも様子がおかしいんで、番頭は自身番に知らせた。直吉の塒《ねぐら》は馬喰《ばくろ》町の裏店だ。土地の岡っ引きが様子を見に行ったが、二人はまだ帰っていなかった」

「そんな……」

直吉が二人を舟に乗せた意図がわからない。

どこかへ売り飛ばしたのだろうかともお鈴は思った。

「母親は酒を喰らって高鼾《いびき》よ。とても話は聞けなかったらしい。仕方ねェ、夜が明けたら出直すかと考えて、岡っ引きは、ひとまず引き上げた。ところが朝になったら……」

虎蔵はそこで言い澱み、湯呑を手にとってひと口啜った。茶の温度が熱過ぎたらしく、虎蔵はアチチと呻《うめ》いた。

「親分。それで二人は見つかったんですか」

お鈴は構わず、膝を進めて訊いた。虎蔵は応えなかった。おもとは「大川に浮かんでいたんだよ」と、低い声で言った。お鈴のうなじが、その途端にちりちりと痺《しび》れた。

「し、死んでいたの？」

お鈴は確かめるように訊いた。虎蔵は力なく肯いた。

「豊八姐さんは二人が引き上げられるのを見たそうだよ。二人とも真っ裸でさ、姐さんは、さぞかし寒かっただろうと泣いていたよ」

お鈴は黙ったままだったが、涙が自然に頬を伝った。

「もちろん、直吉をしょっ引いた。最初は川沿いを歩いていて足を踏み外したんだろうとほざいていたが、締め上げるとようやく吐いた」

虎蔵はお鈴の方を見ずに言う。視線は相変わらず外の鰯の鍋に向けられていた。油障子は一尺ほど開いていた。虎蔵は鰯が気になるから戸を閉めなかったのか、それとも視線の向きを最初から考えてそうしたのか。そこから少し冷たい風が忍び込んでいた。

だが、中にいた三人は、その時、頓着《とんちゃく》するふうもなかった。

「直吉が二人を殺して、それで大川に投げ捨てたのね」

お鈴は袖口で洟を拭いながら訊いた。直吉は二人が邪魔になって事に及んだのだろう。

「直吉を前にしょっ引いた時……回向院前の広小路で奴が二人の餓鬼を殴った時のことよ。そん時、向こうの岡っ引きは、今度餓鬼に手を出したら牢にぶち込んでやると言った。近所にも、もしも奴にそんな様子があったら知らせろと触《ふ》れ廻った。だが、奴は……」

「また性懲《しょうこ》りもなく二人に手を出したのね」

お鈴は怒りを堪《こら》えて言う。

「ああ」

「それで知られるのが怖くて二人を殺して川に放り込んだのね」

虎蔵は小さく首を振った。

「違うの？」

お鈴は虎蔵とおもとの顔を交互に見た。

「お鈴。直吉は舟で大川に出ると、金助ちゃんを突き落としたんだよ。おつぎちゃんは弟を助けようとして川に飛び込んだそうだよ。泳げもしないのにさ。川の中でもがいたので、着物がすっかり脱げてしまったのさ。さぞ、苦しかったことだろう」

おもとは観念したように言った。

「直吉はそれを黙って見ていたのね」

「ああ。涼しい顔で舟宿に戻ったのさ」

お鈴の喉元から甲高い悲鳴が洩れた。虎蔵はぎょっとして外の様子を窺った。通行人の何人かは不審そうに鳳来堂へ視線を向けた。

虎蔵は油障子を閉めた。おもとはお鈴の身体を抱き寄せた。お鈴は子供のようにしゃくり上げて泣いた。

「亭主は何をしているのかねえ。慰めるのはあっちの役目じゃないか」

おもとはお鈴に掛ける言葉が見つからず、そんなことを言った。

「あいつァ、肝腎な時に決まっていねェ男よ」

虎蔵はいまいましそうに応える。その時、足音が聞こえ、「うおーい、今、帰ったぜ」と音松の呑気な声が聞こえた。

「ああ、よかった、よかった」

おもとは何がよかったのか知れないが、お鈴から手を離した。

「ちょいと、音さん。慰めてやっておくれ」

おもとはすかさず言って腰を上げた。

「何んだ、おっ姑《か》さん。せっかく来たんだ。晩飯でも喰って行けよ。親分も、どうせ見廻りは仕舞いだろうが」

「こんな日は呑気に晩飯をよばれる気にはならないよ。悪いがこの次に。あい、お邪魔様」

おもとはそう言って、虎蔵の腕を引っ張った。虎蔵は引き摺られるように帰って行った。

その夜、珍しく誰も鳳来堂には訪れなかった。あるいは金助とおつぎの噂を音松の友人達は耳に入れていたのかも知れない。お鈴にどう言葉を掛けてよいかわからず、その夜は遠慮したとも考えられる。

音松はお鈴の代わりに鰯の煮付けを近所に配って歩いた。お鈴は気が抜けたようになって、それどころではなかったからだ。

鰯のお返しに卯の花を貰ったり、漬物を貰ったり、お鈴が何もしなくても膳に晩飯のお菜が並んだ。

「お前さん……」

お鈴は茶の間で少し横になっていた。音松がそうしろと言ったのだ。音松は自分で酒の用意をして、ちびちび飲んでいた。お鈴はそっと声を掛けた。

「ああ。どうだ、めしを喰う気になったかい」

振り向いた音松の眼が優しい。金助とおつぎのことは音松も胸にこたえているはずだった。

「ううん、まだいい。あの簪だけど……」

「びいどろの簪のことけェ？」

「ええ。あたし、あれを見ると二人を思い出してしまう。ひと思いに売っ払って。それで、そのお金で徳次さんや房吉さんを誘って、かまくらでパアッと遣って」

「お前ェがそう言うんなら売って来るが、パアッとは遣えねェ」

音松は猪口の酒を苦い表情で飲み込むと、低い声で応えた。

「どうして」

お鈴は半身を起こして音松の顔をじっと見つめた。

「二人の形見の簪だ。そんなふうに遣うのは後生が悪いやね」

「……」

「どうせなら、寺の坊主に永代供養を頼んでよ、二人が好きそうな菓子でも供《そな》えたら、喜んでくれるんじゃねェか」

「そうね……」

音松の言う通りだった。お鈴はようやくそれに気づいた。

「どうせ直吉は牢屋入りだし、母親は何も手につかねェしよ」

「お前さんは頭が働く人だ。あたしは供養のことなんて、これっぽっちも考えちゃいなかった」

「お前ェはまだ、二人が死んだことなんざ、信じられねェから無理もねェよ」

「いっそ、簪なんてなかったらよかったのよ」

お鈴はそう言って、いきなり小箪笥の上の袱紗を取り上げ、襖《ふすま》に投げつけた。

「よさねェか。そんなことして何んになる」

音松は声を荒らげた。慌てて袱紗を拾い上げ、壊れていないかどうかを確かめた。

行灯《あんどん》の仄《ほの》灯りに照らされ、びいどろの玉が鈍く光った。造りは精巧だったので、少々手荒に扱っても、びくともしなかった。

「見ねェ。きれいなもんだ。南蛮から渡って来た玉を大店の主でも簪に作らせたんだろう。女房のためか、娘のためか、それとも惚れた女のためか……簪に罪はねェよ。簪は簪だ。因縁なんざ、古道具屋にゃ無用の文句だ」

音松は吐き捨てるように言った。お鈴はそれ以上、何も喋らず、音松が手にしている簪をじっと見つめた。びいどろの薄紅色はおつぎと金助の頬の色に似ていた。そう、湯上りで上気した時の。それは、今ではこの上もなく哀しい色に思える。

息子の長五郎の顔が見たいとお鈴は思った。

金助とおつぎの分まで長五郎を抱き締めてやりたかった。

秋の夜はしんしんと更けてゆく。

音松は簪を長火鉢の猫板《ねこいた》の上に置いた。コンという音がお鈴の耳に長く尾を引いて聞こえた。

招き猫
まね
ねこ

一

師走の声を聞いた江戸はめっきり暮めいて、木枯らしが路上の落ち葉を砂埃《すなぼこり》と一緒に巻き上げているのさえ気ぜわしい感じがする。時折、白いものがちらつく日もあった。その日も空はどんよりと厚い雲に覆われ、隙間風《すきまかぜ》がやけに身体にこたえる日だった。そのせいで音松は炬燵に入ったまま動こうとしなかった。

「お前さん。小間物屋のおときさんの所へ行かないのかえ。おときさんは待っているよ」

お鈴はそんな音松を見かねて言った。おときの営む小間物屋は、本所五間堀の鳳来堂から、ほんの一町歩いた近所だ。

つい二、三日前、古道具屋の鳳来堂の前を通り掛かったおときは店先に並べていた炬燵の櫓《やぐら》に目を留《と》めた。おときがそれまで使っていた櫓は相当にガタがきて、少し力を加えると、今にもばらばらになりそうだという。鳳来堂にあった櫓は古びていたが頑丈で、しかも手頃な値段だった。しかし、暮は何かと物入りなので、おときは、しばらく店先で思案していた。それを音松とお鈴が二人掛かりで勧め、ようやく買い取って貰ったのだ。すでに代金も受け取っている。後は届けるばかりだった。

だが、音松は一向に腰を上げる様子がなかった。

「だってよう、さぶいじゃねェか」

音松は意気地なく言った。

「何言ってるんですか。おときさんだって、安心して炬燵に温《あたた》まりたいんですよ。さっさと仕事を片づけて、それから呑気にしたらいいじゃないですか」

「わかってるよう。後で行くって」

「後って、いつ？」

「………」

「今日中に行ってくれるの」

「………」

「もう、あてにならないんだから。いいですよ。あたしが大八車を引いて届けるから」

せっかちなお鈴がぷりぷりして言うと、音松は大袈裟なため息をつき、「行ってくらァ」と渋々応えた。

「あい、お利口さん。お願いしますよ」

途端にお鈴は機嫌を直し、八幡黒《やわたぐろ》の首巻きを手早く音松の首に掛けた。首巻きは浅草広小路で質屋を営む音松の兄から貰ったものだ。何んでも元は武士の持ち物だったらしい。冬の間、音松はその首巻きを離さない。音松は寒がりの男だった。

細縞の袷を尻端折《しりつぱしょ》りし、下には紺の股引《ももひ》きと紺足袋を穿《は》いている。それに芝居の定式幕で拵えた綿入れ半纏を羽織れば、防寒の用意は十分だ。

音松が出かけると、お鈴はほっとして炬燵に入り、茶を淹れて煎餅《せんべい》にぱくついた。

亭主が二六時中、傍にいるというのも鬱陶しいものだ。時々は一人になって息をつぎたくなる。亭主はただ家にいるだけでも世話が掛かる。時分になれば飯を食べさせねばならないし、その他にも、やれ、耳搔きを出せだの、爪を切ってくれだのとうるさい。だから、音松が仕事で客の所へ出かけると、お鈴はほっとする。それは、音松がいやだということとは違う。亭主なんてものは、朝は仕事に出かけ、一日仕事して、夕方、時刻通り家に戻って来るのがいいのだ。お鈴は時々、外へ仕事に出かける亭主の女房が羨ましくなることがあった。夫婦二人で細々と営んでいる古道具屋では、そんな訳にはいかないからだ。

二枚目の煎餅に手を伸ばした時、店の戸が控え目に開く音が聞こえた。客だろうかと思い、茶の間から出て行くと、息子の長五郎が大きな風呂敷包みを背負って店座敷の縁《ふち》に腰を下ろしていた。

「あら、長。お使いの途中かえ」

お鈴は気軽な口を利いた。長五郎は音松の兄が営む質屋に住み込みの奉公に出ていた。

だが長五郎は、お鈴の問い掛けに何も応えない。様子がおかしかった。

「ささ、とり敢えず、お上がりよ。寒かっただろう？」

お鈴が風呂敷包みの結び目を解いて荷物を下ろしてやると長五郎は洟《はなみず》を啜り出した。

「何んだねえ、男の子が」

言いながらお鈴は長五郎の手を取った。長五郎の手は氷のように冷たかった。

「お腹は？　お腹は空いていないかえ」

長五郎を炬燵に入れると、お鈴は訊いた。

「朝飯を喰ったきり」

長五郎は、ぼそりと応えた。時刻は八つ半（午後三時頃）を過ぎていた。昼飯も食べずに荷物を抱えて寒い江戸の町を歩いていたのかと思うと不憫さが募《つの》った。

「味噌のおむすびをこさえてあげるよ」

お鈴は熱い茶を淹れてやると、台所に立った。長五郎は茶をひと口飲み、安堵の吐息をついた。何があったのだろう。お店でとんでもない不始末をしでかしたのだろうか。お鈴の不安は募る。しかし、こんな時、「どうした、どうした」とせっついても、長五郎が可哀想だ。自分から口を開くまでそっとしてやろうとお鈴は考えていた。

掌に味噌を伸ばし、釜に残った冷や飯になすりつけるようにして握り飯を拵える。小さ目の握り飯は五つもできた。それを火鉢の網渡しで焦げ目がつく程度に炙《あぶ》る。長五郎の好物だった。ひね沢庵の入った小丼を炬燵の上に置くと、長五郎は摘まんで口に入れた。ぽりぽりと小気味のいい音がした。

「今日は格別寒い日だから、身体が冷えただろう。お父っつぁんが戻って来たら湯屋に一緒に行くといいよ」

お鈴は火加減を見ながら言った。

「お父っつぁんは？」

長五郎は姿の見えない音松を気にした。

「ああ。小間物屋のおときさんの所へ品物を届けに行ったよ。おっつけ戻るだろう」

「おいら、菱屋を辞めると言ったら、お父っつぁんは怒るかな」

長五郎は上目遣いでお鈴に訊いた。菱屋は奉公している店の名だった。

「お前、そのつもりでいるのかえ」

お鈴は内心の動揺を隠し、さり気なく訊き返した。

「ああ。旦那さんには、ほとほと愛想が尽きたよ」

「………」

「値の張りそうな品物なら、もちろん、おいらだって旦那さんに相談するさ。だけど、それ以外の小物はおいらの判断で客に金を貸すか貸さないか任せると言われていたんだ」

「信用されていたんだねえ」

「ああ。おいらは旦那さんにとっちゃ、血を分けた甥っ子だ。そこはよその小僧より目を掛けて貰えた。ありがたいと、ずっと思っていたよ。旦那さんは師走のせいもあり、寄合とか何んだとか、店を空けることがこの頃は多かった。番頭さんも季節柄、掛け取りや支払いに出ていて、結局、おいらが一人で店番することが続いていたんだ」

長五郎は堪えていたものを吐き出すように、いっきに喋った。

「大変だったねえ」

お鈴は長五郎をねぎらった。

「炬燵や蒲団を質草に置いていた客が請《う》け出すことが多くてね。おいら、帳面を見て、決まりの利息を取って引き取らせた。客は、小僧さん、算盤が達者だねえと褒めてくれたんで、おいらも気分よく店番していたのさ」

「でも、計算を間違ったんだね」

お鈴が先回りして言うと、長五郎は呆れたような表情になり、「まさか」と吐き捨てた。

「ご、ごめんよ。お前が間違うはずがないよね」

お鈴は慌てて取り繕った。

「昨日、瀬戸物屋の手代らしいのがやって来て、店が大晦日でいけなくなるらしいと、切羽詰まった顔で言ったのさ。晦日に貰う給金の代わりに店の品物を渡されて、これで勘弁してくれと言われたそうだ。お店《たな》の名を訊くと、内緒だと釘を刺されたが、そっと明かしてくれた。日本橋の備前屋《びぜんや》という中堅どころの店だった」

「備前屋さんなら知っているよ。でも、まさかあの店が潰れるなんて」

お鈴は心底驚いた。日本橋室町《むろまち》にある備前屋は大通りに面した所に店を構えていて、表向きは繁昌しているように見えたからだ。

「おいらもその話は俄《にわ》かに信じ難かったから、旦那さんも番頭さんもいないので、お預かりできませんって、最初は断ったんだよ」

手代は疑われたと察して、必死で身の証《あかし》を立てた。ちょうどその時、近所の女房が亭主の羽織を請け出しに来た。その女房は備前屋が贔屓で何度か店を訪れたことがあるという。手代の顔も覚えていた。備前屋の奉公人であることは間違いなかった。手代はその女房が帰っても店座敷に座って、ねばっていた。

「質草は何んですか」

長五郎は間《ま》が持てなくて、試しに訊いた。

すると手代は嬉しそうに携えていた風呂敷包みを開けた。中から招き猫の十体も出てきた。招き猫はそこらにある物とひと味違っていた。黒や金色もあり、顔の表情もそれぞれに違う。長五郎の目にも上等の品に思えた。

多分、質草と言っても、実際は買い取りになるのだろうと長五郎は判断した。番頭でも戻って来ないかと長五郎は思っていたが、それから半刻（約一時間）しても、番頭は戻って来なかった。

「小僧さん、お願いしますよ。助けて下さい。物に間違いはありませんから」

手代は助けてくれの一点張りだった。

「いったい、いかほどご入り用ですか」

そう訊くと、手代は身を乗り出し、「全部で一両を都合していただけませんか」と応えた。当たり前に買うとしたら、一両でも不思議ではない品物だった。しかし、質屋に曲げるとなると、値は信じられないぐらい安くなる。

「無理ですよ、一両なんて」

長五郎はにべもなく応えた。すると手代は三分、二分と徐々に値を引き下げ、とうとう一分でもいいと応えた。一分は一両の四分の一だ。一体を百文で売れば、十分に儲けがあると踏んだ長五郎は内所のおむらに訳を話し、一分を出して貰った。おむらは竹蔵の女房である。

手代はほっとした顔で帰って行った。ほどなく戻って来た番頭に招き猫を見せると、そいつはいい商いをしたと、褒めたという。

長五郎は大いに気をよくして旦那の帰りを待った。ところが、旦那の竹蔵は寄合で何かおもしろくないことがあったのかも知れない。ひどく機嫌が悪かった。そこへ恐る恐る招き猫の話をすると、竹蔵は眼を剝いて怒鳴った。誰の許しを得て、そんな勝手したのかと長五郎を詰った。がらくたの招き猫など一文にもならないと吐き捨てた。

「一文にもならないって話があるかい？　仮にも職人が丹精込めて作った品物を」

「そうだねえ。それでお前はどうしたえ」

「おいらが弁償しますと啖呵を切ったよ。そしたら拳骨《げんこつ》を張られた。生意気だって。今日になって、おいら、品物を抱えて客の所を廻ったけど、どこもいらないってさ。それでお父っつぁんに売って貰おうと考えたんだ。悪いけどおっ母さん、菱屋に一分届けておくれよ。おいらはもう、菱屋に戻りたくないんだ」

長五郎は、そう言って唇を噛み締めた。

「ささ、おむすびが焼けたよ。お上がり」

お鈴は慰めるように長五郎に焼けた握り飯を勧めた。長五郎は五つの握り飯を、すべて平らげた。

二

「ねえ、お前さん、どうしたらいいのだろうねえ」

お鈴は天井を見上げながら音松に訊いた。

長五郎は握り飯を食べ終えると、二階の自分の部屋で横になると言った。二階は寒いよ、と言うと、なに、蒲団に入れば温かいと応えた。物音がしないのは、ぐっすり寝込んでいるからだろう。お鈴は戻って来た音松に、さっそく仔細を話した。

「まあ、明日にでも菱屋に行ってくらァ。お鈴、一分を用意しておきな」

音松はさして気にしたふうもなく応えた。

「あい……」

お鈴は気のない返事をして晩飯の用意を始めた。長五郎のことで時間を取られたので、お鈴は近所の豆腐屋へ走り、簡単に湯豆腐にするつもりだった。

晩飯の時分になると、いつもの面々が鳳来堂に集まってきた。料理茶屋を営む勘助、酒屋の房吉、それに駕籠舁きの徳次だ。

徳次が珍しく鯵《あじ》の干物を携えて来たので、お鈴は大助かりだった。男達が湯豆腐で一杯やっている間に、外に七厘を出して、手早く干物を焼いた。

「お鈴さん。長が持って来た招き猫って、どういう代物だい？　よかったら一つぐらい引き取るよ」

お鈴が大皿に鯵の焼いたのを出すと、勘助は鷹揚に言った。どうやら音松は長五郎の事情を皆んなに話したらしい。

「ありがとう存じます。あたし、どんなのかまだ見ていないんですよ」

そう言ってから、お鈴は店座敷に置きっぱなしにしてある荷物を茶の間に運んだ。

招き猫は小ぶりの木箱の中に渋紙に包まれて入っていた。音松はその一つを手に取り、丁寧に渋紙を外すと、朱を塗った招き猫が現れた。

「いや、こいつはちょいと変わっているな。赤い招き猫なんざ」

音松は興味深い眼になって言う。

「雌猫だ。おっぱいが膨らんでいるぜ」

徳次が素《す》っ頓狂《とんきょう》な声を上げた。右手を挙げた猫は、なるほど胸が膨らんでいて、その胸に黒い子猫をのせていた。もう一つを開けると、今度は利かん気な表情をして、赤い耳を黒で縁取りをした猫が現れた。腕に黄色の彩色がしてあり、黒の横縞が入っていた。

「房吉に似ているよ、その猫」

勘助は愉快そうに言う。

「そ、そうか？　そいじゃ、おれはそれを貰うぜ」

房吉は相好を崩して自分に似ている招き猫を手に取った。玉虫色の彩色が施され、猫と言うより狐に近いもの、首輪に達磨の飾りのあるもの、真っ黒なもの、金ぴかのもの。十体の招き猫は一つとして同じものはなかった。

「兄貴はどうしてこれを一文にもならねェとほざいたのかな。結構、いい品物なのに」

音松は首を傾げた。

「おいらは黒いのを引き取るよ」

勘助はさり気なく言った。

「勘ちゃん。黒なんて縁起が悪いよ。どうせなら一番でかい奴にした方がいい。見世の飾りになるぜ」

徳次は余計なことを言う。徳次は赤いおっぱいつきが気に入ったようだ。

「縁起が悪い招き猫なんてあるかい。黒の招き猫は病を防ぐと言われているんだ。おいらの見世にゃ、白いのと金ぴかのはあるから、黒でいいんだ」

勘助は徳次を諭すように応えた。

「や、おれのは右手を挙げているぜ。大抵は左手だろ？」

房吉は不思議そうに言う。

「左手を挙げている猫は客（幸運）を招き、右手のは金運を招くんだよ。ついでに右手を挙げているのは雄で、左手は雌と言われている」

勘助はもの知りらしく招き猫のうんちくを垂れた。

「ええっ？　だけど、おっぱいは右手を挙げているわな」

徳次は腑に落ちない顔になった。

「たまには例外もあるさ。さて、一人一朱ずつ出しな。四人で一分だ。これで長い、のけりがつく」

勘助はあっさりと言った。一朱は一両の十六分の一だから計算は合う。房吉と勘助はすぐさま一朱出したが、徳次は持ち合わせがないと言って音松に立て替えさせた。

「皆さん、恩に着ます。これで長もお店に申し訳が立つというものです」

　お鈴は男達の親切が嬉しくて頭を下げた。

　なになに、と徳次は手を振った。銭を出さないくせに徳次は大きな態度だ。だが、気持ちは伝わっていたから、お鈴はさして腹も立たなかった。

「勘助さんは招き猫にお詳しいですね」

　お鈴は勘助の丼に豆腐をよそいながら言った。

「招き猫は遊郭から始まったらしいですよ。それが水商売の店に拡がったんですよ」

　勘助はこくりと頭を下げてから応えた。

「しかし、他の客には一朱じゃ売れねェな」

　音松は残りの招き猫をどう捌いたらよいか思案していた。

「後はあたしに任せて。うちのおっ母さんでしょう？　それから伯母さん、おっ母さんの友達、虎蔵親分、恩田様……こうっと、すぐに買い手がつくというものですよ。あらあら、肝腎のうちのはどれにしようかしら」

　虎蔵は土地の岡っ引きで、恩田作左衛門は鳳来堂の客だった。お鈴は残った招き猫をあれこれと物色した。すると、両手を高々と挙げている勇ましいのが目についた。

「あたし、これにする。客と金運を同時に招くなんて頼もしいもの」

そう言うと、勘助は「挙げている手が高いほど福を招くそうですよ」と、口を挟んだ。

「あら、なおさら嬉しい」

お鈴は無邪気に喜んだ。

「だけどよう、何も彼もお手上げって感じにも見えるが」

音松は情けない顔で言う。

「それこそ、お前さんにぴったり！」

お鈴がおどけて言うと、男達は声を上げて笑った。

翌日。音松は菱屋へ向かったが、長五郎は、一緒に店に戻るとは言わなかった。

三

「兄貴、いってェ、どうしたと言うのよ。兄貴らしくねェぜ」

音松は竹蔵に一分を差し出すと咎《とが》めるように言った。竹蔵は今まで、あまり感情を露《あら》わにする男ではなかった。まして長五郎に拳骨を振るうなどとは、音松には考えられなかった。

「お前を前にして何んだが、あいつはこの頃、商売に慣れたせいで少し勝手な振る舞いが目立っていたんだよ。招き猫の十や二十、どうということもないが、ちょいと懲《こ》らしめるつもりで小言を言ったまでだよ」

竹蔵は渋面を拵えて言った。

「そうけェ。ま、招き猫の方はおれが片をつけたから、長のことは勘弁してくんな」

音松はやんわりと詫びを入れた。

「だが、ちょいと小言を言われたぐらいで店を出て行くなんざ、可愛気がない。何んならこのまま辞めて貰っても構わないよ」

竹蔵が思わぬほど冷淡な言い方をしたので音松はむっと腹が立った。

「兄貴はきィちゃんと長を一緒にさせて菱屋を継がせるつもりだったんじゃねェのかい」

お菊は竹蔵の末娘で、長五郎と三つ違いの八歳だった。身内では、きィちゃんと呼ばれていた。

「最初はそのつもりだったが、先のことはわからないと思うようになってね。それにいとこ同士は血が濃いから、祝言させるのは感心しないと人にも言われたんでね」

竹蔵はそう言ったが、音松には言い訳のようにしか聞こえなかった。

「長が気に入らねェってことかい」

音松はずばりと訊いた。

「そうは言わないが」

竹蔵の言い方は歯切れが悪かった。

「だったら、何んなんでェ」

音松は声を荒らげた。音松の剣幕に女房のおむらが慌てて茶の間に現れ、「音松さん、落ち着いて」と制した。お菊が恐ろしそうに襖《ふすま》の陰から様子を窺っていた。

「お前さん。あのこと正直に話した方がいいよ。このまま長五郎ちゃんをお払い箱にしたんじゃ、音松さんだって納得しない」

おむらは竹蔵の袖を揺すって言った。

「お払い箱だって？」

音松はぎらりと竹蔵を睨んだ。

「兄貴はもう、うちの長を追い出すつもりでいたのかい」

音松は呆れた顔で続けた。

「いえね、そうじゃないの。菱屋の跡継ぎは身内じゃない方がいいと思って」

おむらは言い訳にならないような言い訳をして取り繕う。

「つまり、きィちゃんの亭主は長じゃ不足だってことけェ」

図星を指されたのか竹蔵もおむらも黙った。

「ははん。きィちゃんに別のいい縁談を仄《ほの》めかされたんで、それで長が邪魔になったって寸法だな」

「まあ、平たく言えばそうだ」

竹蔵は渋々応えた。おむらが眉間に皺《しわ》を寄せた。うまい言い方ができない竹蔵を詰る感じだった。

「別にそれならそれで、おれは構わねェよ。だが、兄貴のやり方は回りくどいぜ。長はしっかりしていると言っても、まだ十一の餓鬼だ。兄貴の胸の内までわからねェよ。長は裏切られた気持ちで落ち込んでいるわな」

「すまない……」

竹蔵は低い声で謝った。

「そうけェ。よそから養子を入れるんで、長が邪魔になったたってことですね」

音松は確認するように、もう一度訊いた。

「音松さん、長五郎ちゃんが邪魔だなんて言ってませんよ。ただ、事情が変わったと言ってるだけです」

おむらは慌てて口を挟んだ。

「義姉さん、長に質屋の主を張れる器量があるかどうかは、おれだってわからねェ。兄貴と義姉さんが長に見切りをつけたんなら仕方のねェ話ですぜ。だが、おれが気に入らねェのは、まるで長がドジを踏んだようにして追い出す、あんた等の了簡だ」

音松の言葉に竹蔵はむっと押し黙った。おむらも憎々し気に音松を睨んだ。二人の表情を見て音松の腹は決まった。

「あんた等の気持ちはようくわかりやした。長い間、倅がお世話になりやした。義姉さん、長の荷物は後でお鈴に引き取らせやすんで。へい、お邪魔さん！」

音松は腰を上げると、着物の裾をすぱっと捲《めく》り、菱屋の外に出た。

何んてことだと思った。福を運ぶはずの招き猫が原因でとんでもないことになってしまった。音松は竹蔵に対する怒りより、長五郎にどう説明したらよいのだろうと頭を悩ました。うまく納得させる自信がなかった。

音松は浅草広小路から御厩河岸《おんまやがし》の渡し場へ向かって、とぼとぼと歩いた。御厩河岸の渡しは本所の石原町《いしわら》へ運んでくれる。そこから本所御竹蔵《おたけぐら》の通りを抜け、二ツ目《ふため》橋を渡り、さらに彌勒寺《みろくじ》橋を渡れば五間堀に続く。

長五郎が初めて奉公で菱屋へ向かう朝、音松は蒲団を包んだ大風呂敷を背負い、五間堀から逆に同じ道筋を通って送って行ったものだ。

あの時は何んだか切なかった。町家の子供達は十歳ほどになると奉公に出るため家を離れる。わかっていたが、長五郎は音松とお鈴にとって一人息子だ。寂しさはたとえようもなかった。

「お父っつぁん、心配すんな。おいら、大丈夫だって。菱屋は親戚だから奉公だって気楽なもんさ」

長五郎は気丈に言って音松を慰めた。

あれから三年。まさかこんな事態になるとは思いも寄らなかった。舟着場で舟を待つ音松の心は重かった。

ようやく本所から舟が戻ると、客が三人ほど降りた。見慣れた顔が音松に気づき、右手を挙げた。その仕種は招き猫のようだと、ふと思った。音松のすぐ上の兄の梅次だった。

音松は三人兄弟で、長男が竹蔵、次男が梅次、三男が音松だった。兄弟は松竹梅の趣向で名づけられたのだ。

「菱屋の帰りかい」

梅次は訳知り顔で訊いた。

「ああ」

「浮かない顔だね。何かあったのかい」

梅次は死んだ母親と面差《おもざ》しが似ている。音松は、まるで母親に訊ねられたような気分になった。それほど気が弱っていた。

「長がお払い箱になっちまった」

「何んだって！」

梅次は途端に表情を硬くした。

「ちょ、ちょいとつき合え。話がある」

舟に乗り込もうとした音松を制し、梅次は三好《みよし》町の通りを抜け、成田不動の門前町へ促した。

門前町の水茶屋が目につくと、梅次は迷わず見世の戸を開けた。夏の季節は外に床几を出している見世も、さすがにこの季節は床几を引っ込め、戸障子も閉めている。そのせいか、客はあまりいなかった。

梅次は奥の席に進みながら「姐さん、熱いのを二つ頼むよ」と茶酌女《ちゃくみむすめ》に言った。

「はあい」

屋号の入った赤の前垂れを締めた茶酌女は呑気に聞こえる声で応えた。ほどなく二人の前に煎茶が運ばれてきた。

「寒いねえ。川風に嬲《なぶ》られて、すっかり冷え込んじまったよ」

梅次はそう言って、口をすぼめて茶を飲んだ。梅次は本所の客の所へ行った帰りだった。

「忙しいんだろ？」

音松も同じように茶を啜って訊いた。

「不景気だからねえ、何かと商売もやり難いよ」

梅次は浅草御蔵前《おくらまえ》の元旅籠町《もとはたごちょう》の両替屋「駿河屋《するがや》」の番頭をしていた。

両替屋はその名の通り、貨幣を両替して切賃《きりちん》(手数料）を取る商売である。江戸の貨幣は金銀銅とあるが、庶民に大金は遣い難いので崩さなければならない。

また、大店が商売の取り引きをするためには銭や銀を小判に換える必要がある。両替屋は、その便宜を計る商売だ。貨幣には相場があるので、両替屋は、その時々の相場に従って両替し、切賃を取っている。

「梅にィと会うのはおゆりちゃんの祝言以来だな」

音松は久しぶりに会う梅次に嬉しそうに言った。神無月の大安の日に竹蔵の次女のおゆりが祝言を挙げた。音松はその時に梅次と顔を合わせ、なかよく祝い酒に酔ったものだ。

「で、何んで長は菱屋をお払い箱になったんだ？」

梅次は世間話のついでのように、さり気なく訊いた。音松は笑顔を引っ込めた。

「ああ。どうも兄貴は別の所から養子を取る算段をしているらしい。それで、長が邪魔になったのよ」

「いずれ、きィちゃんの婿に据《す》えるつもりでかい」

「らしい」

「やはり、噂は本当だったんだな」

梅次は不愉快そうに眉をしかめた。

「長がお払い箱になったと言うなら、菱屋に養子縁組を持ち掛けた店も倅をお払い箱にしたのさ」

梅次は吐息混じりに続けた。

「梅にィ、詳しく聞かせてくんな」

音松はつっと膝を進めた。

本郷《ほんごう》の質屋「野崎屋《のざきや》」の主は竹蔵が親しくしている男だった。野崎屋利兵衛《りへえ》には二人の息子と三人の娘がいたが、長男の辰吉《たつきち》は利兵衛の前妻との間に生まれた子供だった。いや、利兵衛は今の女房のおいちと深間《ふかま》になって、前妻を離縁したのだ。

辰吉は年頃になると、どこからか両親の事情を吹き込まれ、それが原因でぐれ出した。

おいちは自分の生んだ息子を野崎屋の跡継ぎにしたいために、辰吉の所業を大袈裟に利兵衛に告げ口し、辰吉はさらに暴れるというありさまだった。業を煮やした利兵衛は竹蔵に相談した。

竹蔵は早い内に養子に出した方がいいと知恵をつけた。だが、辰吉の養子先はおいそれと見つからなかった。思い余った利兵衛は竹蔵に縋った。もしも承知してくれるのなら、持参金に色をつけるとまで言った。

梅次は音松の顔色を窺いながら言った。

「三百両だ」

「確かな話なのかい」

音松は途方もない金額に驚いた。

「ああ。金の用意はうちじゃなかったが、噂はすぐに拡まったよ」

「兄貴は三百両に目が眩《くら》んだのか」

独り言のように呟いた音松に「そりゃ、眩むだろう」と、梅次はあっさりと応えた。

「辰吉は兄貴になついていた。だから、菱屋に入ったら辰吉も性根を入れ換えると兄貴は踏んでいるらしい。だが、そううまく行くかな」

「辰吉は幾つよ」

「十五だと聞いている。今まで店を手伝ったこともないよ。商売なら長の方が上《う》手《わ》だろう」

梅次の言葉は音松の慰めにならなかった。

「長は算盤が達者だそうだね」

だが、梅次は辰吉の話を終えると訊いた。

「ああ。菱屋でずい分、仕込まれたからな」

「どうだい。長にその気があるなら、うちの店に奉公できるよう口を利いてもいいよ」

「そいつはありがてェが、まだ昨日の今日なんで、長の気持ちが穏やかじゃねェ。落ち着いたら訊いてみるよ」

音松は梅次の話をやんわりと躱《かわ》した。

「それもそうだな。ま、長にはあまりくよくよするなと言ってくれ。生きてりゃ色んなことがあるもんだ。わたしでよけりゃ力になるよ」

「ありがてェ。やっぱ、兄弟だな」

「何言ってる。お前が鳳来堂を続けてくれるのは、わたしもありがたいと思っているんだ。あの店は親父の唯一の財産だからね。一時はお前の博奕で店が潰れることも覚悟したが、お鈴さんのお蔭で持ち直した。音松、お前、いい女房を貰ったよ」

梅次はお世辞でもなく言った。

「お鈴に伝えておくよ。あいつ、大喜びすらァ」

「そうかい」

「ところで、梅にィ、招き猫なんているかな」

音松はふと思い出して訊いた。

「招き猫？」

怪訝な眼になった梅次へ、「ああ。元はと言えば、招き猫が原因でこの騒動になったんだ」と、音松は応えた。

「おおかた兄貴のことだから、つまらない物を引き取ったと長を叱ったんだろう」

「当たりだ。よくわかったな」

「そりゃ、わかるさ。兄貴は昔から、何か起きると他の者に罪をなすりつける男だった。野崎屋の倅を菱屋に引き入れるためには長が邪魔だ。それで難癖をつけたのさ。招き猫も迷惑を被《こうむ》ったもんだよ」

「さ、そこだ。持ち込まれた十《とお》の内、四つは捌いたが、まだ六つも残っているよ。梅にィ、施しだと思ってつき合ってくんねェ」

「幾らだい」

「梅にィのことだから百文でいいよ」

そう言うと、梅次は渋い顔になった。

「ええい、おまけだ。五十文でどうだ」

音松はやけのように言った。

「波銭《なみせん》（四文）がちょうど八枚ある。それでいいなら引き取ろう」

両替屋の番頭だけあって梅次は細かい。音松は仕方なく八枚の波銭を受け取った。

「後で長に届けさせるよ」

「ああ。急がなくてもいいよ」

梅次はそう言って腰を上げた。茶代を支払う段になると、梅次は細かいのがなくなったと言って音松に顎をしゃくった。どいつもこいつも計算高い連中ばかりである。

四

鳳来堂に戻ると、長五郎は店の片づけをしていた。乱雑に品物を並べているのが我慢できなかったらしい。

「長、そんなことしなくていいって」

音松は鷹揚に言ったが、長五郎は「これじゃ、お客さんの買う気が失せるよ」

と、応えた。

「そ、そうかい。そいじゃ、頼むぜ。ああ、駿河屋の梅にィに招き猫を一つ買って貰ったから、明日にでも届けてくんな」

「え、本当？　あのしぶちんの伯父さんがよく買ってくれたねえ」

長五郎は驚いた顔をした。音松は三十二文に値引きし、茶まで奢ったことは言わなかった。

「おっ母さん、湯屋に行ったよ。帰りに晩飯の買い物をしてくるって」

「そうけェ」

無邪気な長五郎の顔を見ていると、野崎屋のことは、とても口に出せなかった。

音松は店座敷に腰掛けて、短い吐息をついた。

「お父っつぁん、ごめんよ」

長五郎は音松の浮かない顔を見て謝った。

「お前ェはこれで菱屋を辞めても、本当にいいのけェ？」

「旦那さんがそのつもりなら仕方がないよ」

長五郎は有田焼の火鉢を隅に押しやりながら応えた。その火鉢には薄茶色の罅《ひび》がひと筋《すじ》入っていた。

「両替屋に鞍替《くらが》えするってのも、ちょいとあれだしな」

音松は梅次の話をさり気なく匂わせた。

「おいらは質屋か道具屋以外、奉公する気はないよ。何んのために三年も辛抱したのかわからないじゃないか。それが駄目なら、おいら、お父っつぁんの手伝いをした方がましだ。おいら、目ぼしい品物を持って露天《ろてん》の商いをするよ。そしたら、おいらの喰《く》い扶持《ぶち》ぐらい出るから」

「長、そこまで覚悟を決めてるのけェ」

音松は驚いて息子の顔をじっと見た。

「ああ」

だが長五郎は健気《けなげ》に肯いた後で、眼を拭った。

「心配すんな。そうともよ。お前ェはケチな古道具屋といえども、鳳来堂の跡継ぎだ。おれは主だが、お前ェは一番番頭だ」

豪気に言った音松に長五郎は、「大袈裟だよ、お父っつぁん」と、ようやく笑った。

その夜は久しぶりに親子水入らずで晩飯を食べた。焼き魚に青菜のお浸し、それに卯の花。汁は朝飯の大根汁の煮返しだった。

「今夜は、かまくらの小父さん達は来ないねえ」

長五郎はいつもの連中が顔を見せないことで不思議そうに言う。

「お前ェが奉公先からおん出されたってのに、横で呑気に酒が飲めるけェ。気を遣っているんだよ」

音松は手酌で酒を飲みながら応えた。

「おいら、平気だって」

長五郎はわざと元気よく言う。

「空威張《からいば》りはおよし。子供は悲しい時は悲しいと素直に言えばいいのさ」

お鈴は横から口を挟んだ。

「おいら、もう子供じゃないよ」

「そうかえ……そんならおっ母さんが余計なことを言っちまったねえ。堪忍しておくれ」

お鈴も長五郎の顔を見ているとたまらなかった。いつもより食は進まず、茶碗に半分ほど残った飯に茶を注《つ》いで啜り込んだ。

「ま、この機会にゆっくり休むことだ」

音松は長五郎を慰めるように言った。

だが、ゆっくり休むどころか、師走も押し迫ると、いつもは閑古鳥《かんこどり》が鳴いているような鳳来堂も珍しく忙しくなり、音松は長五郎に手伝わせて客と店を行ったり来たりした。

忙しさにかまけている内、長五郎も余計なことを考えずに済んだようだ。店が一段落すると、大掃除やら正月の仕度で、これも長五郎がいたお蔭で大層助かった。

菱屋の末娘、お菊が女中に伴われて鳳来堂にやって来たのは、年も明けた正月の二日だった。

お菊は琴のおっ師匠《しよ》さんへ年始の挨拶に行った帰りに長五郎が心配で様子を見に来たのだった。あいにく長五郎は友達の家に遊びに行って留守だった。音松も六間堀の勘助の所に行ったまま戻って来なかった。

お鈴は店先で追い返すこともできず、二人を茶の間に上げた。

「叔母さん、あけましておめでとうございます。今年もよろしく」

晴れ着を着飾ったお菊は三つ指を突いて挨拶した。傍で女中のおあさも「おかみさん、おめでとうございます」と言い添えた。

「あい、おめでとうさん。こちらこそよろしくお願いしますよ」と、お鈴も応えた。

おあさは本所の押上《おしあげ》村の百姓の娘で、十五の時から菱屋に奉公していた。年が明けて十八になるので、そろそろ実家では縁談の話も仄めかされているという。

「でも、おかみさん。あたしはお嬢さんが心配で心配で、とても嫁入りする気にはなれませんよ」

太りじしのおあさは体格と一緒に声も大きかった。

「長五郎さんはしっかりしているから、お嬢さんにはぴったりだと思っていましたよ。それなのに旦那さんはよそから養子を取るという話だ。あたしは肝《きも》が焼けて、肝が焼けて」

おあさは言いながら、お鈴が出したきなこ餅を頬張るのにも忙しい。

「おあさ、それはいいのよ。お父っつぁんとおっ母さんが決めたことなら、あたしはいやと言えないもの」

お菊は俯きがちに応える。

「きィちゃんは親孝行な娘ですよ。叔母さん、本当にそう思いますよ」

お鈴はお菊を慰めるように言った。

「だけどおかみさん。あたしは野崎屋の倅の様子を見に本郷まで行ったんですよ。もう、我儘者でねえ、毎日、食べ物屋から昼飯を届けさせるんですよ。毎日ですよ」

おあさは強調するように声を張り上げた。

「野崎屋さんは大店だから、それぐらいは何んでもないのでしょう」

「菱屋に来たら、そんな訳にはいきませんよ」

「義兄《にい》さんの考えもあることだから、おあささん、あまり菱屋の内所の話は外へ洩《も》らさない方がいいですよ」

お鈴はやんわりと釘を刺した。

「それは百も承知。おかみさんだから打ち明けているんですよ」

「……………」

「叔母さん、長五郎ちゃん、大丈夫？」

お菊は心細い声で訊いた。

「ええ、大丈夫。きィちゃんは心配しなくていいですよ。長には、いずれこの店の跡を継がせるつもりだから」

「そう……」

お菊は低い声で応え、何気なく茶の間の様子を見回した。茶簞笥の上に置いた招き猫に目を留めると、「可愛い」と感歎《かんたん》の声を上げた。

「両手を挙げて変わっている」

お菊は花簪をしゃらんと鳴らして招き猫の傍に近寄った。本当ならお鈴はその招き猫をお菊に進呈してもよかったのだが、長五郎が菱屋を出た事情を考えると、それはできなかった。

「きっと、今にいいことがある。あたし、そんな気がする。長五郎ちゃんがいなくなって、あたしは寂しいけれど、あたし、我慢する。だって、いつも長五郎ちゃんに言われていたの。我慢が足りないって」

お菊の言葉にお鈴は胸が一杯になった。

「ささ、追い立てるようで悪いけど、あまり帰りが遅くなるとご両親が心配する。きィちゃん、もうお帰り」

「うん。叔母さん、お邪魔しました」

お菊は、また丁寧に三つ指を突いて頭を下げると名残り惜しそうに帰って行った。

何度も振り返って手を振るお菊がいじらしかった。せめて、野崎屋の息子が了簡を入れ換えて菱屋を守《も》り立てることをお鈴は祈るばかりだった。

五

竹蔵は野崎屋を親戚にして、もっと商いを太くする考えだった。それは野崎屋も同じだった。

いや、商いの進め方は野崎屋の方が強引だったかも知れない。

長五郎の話の通り、日本橋の備前屋は大晦日で店を閉めた。掛け取りが訪れた時、備前屋はもぬけの殻《から》で、主一家は夜逃げを決め込み、奉公人もてんでんばらばらに離散した様子だった。

野崎屋は備前屋と古くから取り引きがあり、この度のことでも事前に目ぼしい品は野崎屋に移っていた。野崎屋が当然のように菱屋に押しつけて寄こしたのは皮肉なことに招き猫だった。

うんもすんも応える暇もなく、野崎屋から大八車がやって来て、およそ百体もの招き猫が菱屋の店先を占領した。そして六両と一貫の支払いが求められた。

しかも、備前屋の負債を理由に息子の持参金を百両に値下げされた。あまりのことに竹蔵もおむらも呆然として言葉もなかった。

年が明けて、行儀見習いを兼ねて菱屋にやって来た辰吉は、とんでもない喰わせ者で、出した食事が口に合わないと、やって来た当日から文句を言った。ここは野崎屋とは違うと竹蔵が叱ると、ぷいっと外へ出たきり、なかなか家に戻らない。

ようやく戻って来た辰吉にお菊が茶を淹れて出すと、まだ祝言も挙げていないのに、お菊の胸に触ったり、着物の裾を捲ったりと、全く目離しができない状態だった。半月もすると、おむらは頭痛を訴え、お菊は怖がって姉の嫁ぎ先に避難する始末だった。しかし、そんなことは、音松には知る由もなかった。

勘助と房吉、徳次の三人が久しぶりに鳳来堂の茶の間へ顔を出したのは二月の声を聞いてからだった。

勘助が鶏肉《とりにく》を届けてくれたので、お鈴は火鉢に土鍋を置いて鶏鍋を拵えた。長五郎は横網町のお鈴の母親の所へ泊り掛けで遊びに行っていた。

「せっかく長に精をつけさせようと思ったのに」

勘助は長五郎がその場にいないので残念そうだった。

「勘助さん、少し取り置いて、明日にでも食べさせますよ」

お鈴は勘助をがっかりさせないように言った。

「鶏肉は足が早いから気をつけておくれよ」

勘助は心配そうに念を押した。

「ええ」

鶏鍋は、土鍋に水を張り、昆布を入れてだしを取り、鶏肉、葱、春菊《しゅんぎく》と一緒に煮て、醤油と酒、酢を合わせたたれをつけて食べる。好みで柚子の絞り汁を入れたり、煎《い》った胡麻を加えたりすると乙な味になる。

男達はしばらく、ものも言わずに鶏鍋をぱくつき、合間に酒を啜り込んだ。

「ところで、菱屋は養子縁組を破談にしたという噂だが、音松は知っていたかい」

勘助は、ひと息つくと音松に訊いた。鍋に春菊を入れようとしていたお鈴の手が止まった。その話は初耳だった。そっと音松の顔を見る。

「いいや。あれ以来、菱屋には足を向けていねェ。どうなろうと、おれの知ったこっちゃねェ」

音松は不愉快そうに吐き捨てた。

「それもそうだが、どうも菱屋は野崎屋に一杯喰わされたような気がするんだ」

「勘ちゃん、どうしてそう考えるのよ」

音松は怪訝そうに訊いた。

「野崎屋は最初《はな》っから、倅が菱屋には収まらねェと踏んでいただろうよ。だが、三百両を餌《えさ》にして話を持ち掛けたら兄貴は乗ってくると思っていた。途中、備前屋のことがあって三百両が百両になった。兄貴はそこで引き下がるべきだったのさ、本当はね。素人《しろうと》が考えてもおかしな話だよ。持参金の値引きなんてある訳がない。案の定、倅は落ち着かなかった。菱屋の兄貴がようやく断りを入れると、野崎屋は持参金の倍返しを要求したらしい」

「本当かい」

「ああ。菱屋の都合で縁談を断るんだから、それが筋だと突っ張ったらしい。菱屋の兄貴は冗談じゃないと文句を言って、それで今でも揉《も》めているらしい。その内、菱屋の兄貴はここへ詫びを入れに来るだろう」

勘助は先を読んでいるように応えた。

「そうけェ……」

「勘助さん、野崎屋さんって、そんなにあこぎな商売をしているんですか」

お鈴は呆れた顔で訊いた。

「その意味じゃ、結構、評判になっていたよ。ま、大店の質屋と言っても内所は大変だったらしいから」

「そうですか。でも、もしも菱屋の義兄さんが謝っても、長が何んと応えるか……」

お鈴は長五郎の気持ちを考えると、素直には喜べなかった。

「そんな勝手を許すことはねェ。音松、兄貴がやって来ても追い返しな」

徳次は声を荒らげた。

「それでもよう、菱屋は他人の店じゃねェ。向こうが頭を下げたら、やっぱ、仲直りをして置くのが得策だ。じゃねェと、一生、親戚づき合いができなくなる。いい機会だと思った方がいいぜ。長が店に戻るかどうかは、長次第だ」

房吉は名案を出した。

「房吉の言う通りだ。おれもその考えだ」

音松は安心したように応えた。

「ま、菱屋の兄貴もこれで骨身に滲《し》みただろう。長が店に戻っても、これからは邪険にしないはずだ」

勘助は男達の意見をまとめて言う。お鈴も元の鞘に長五郎が収まってくれたら大安心だが、大人の都合で振り回される長五郎がつくづく不憫に思えた。

案の定、しばらくすると竹蔵は菓子折と一升徳利を携えて鳳来堂を訪れた。

その日は朝からいい天気で、長五郎は表に古屛風を出して陽に当てていた。竹蔵の姿を認めると驚いて、その場に棒立ちになった。

音松は店座敷で帳簿の整理をしていた。

「お邪魔するよ」

竹蔵は長五郎に笑顔を向けると、土間に足を踏み入れて声を掛けた。

「兄貴……」

音松もそう言ったきり、次の言葉が続かなかった。

「ようやく春らしくなってきたね。ここまで来る間に汗をかいたよ」

「上がってくれ」

音松は竹蔵を中へ招じ入れると、台所のお鈴を呼んだ。

「まあ、義兄さん。遠い所をようこそお越し下さいました」

お鈴はその場に手を突いて頭を下げた。

「なに、散歩のついでだよ」

竹蔵はそう言って菓子折と徳利を差し出した。

茶の間に入ると、竹蔵は座蒲団を脇に退《の》け、改まった顔で、「音松、お鈴さん。この度は色々済まなかった。いい年をして、人を見る目がなかったよ」と、頭を下げた。

「義兄さん、お手を上げて下さいな。事情はようくわかっておりますから」

お鈴は如才なく応えた。

「それを聞いて安心した。内心じゃ、玄関払いを喰わされるものと覚悟していたからね」

竹蔵は本当にほっとした顔で笑った。

「野崎屋のことは片がついたのけェ？」

音松が口を挟んだ。

「いや、まだだ。寄合の長老に間へ入って貰うことにした」

「持参金の倍返しだって？」

「ああ。おまけに持ち込まれた招き猫の払いもある」

「てェへんじゃねェか」

「ああ、大変だよ。だが、先々のことを考えると仕方がない。それでね、長五郎に戻って貰わないことには、うちの店も困るんだよ」

竹蔵はそう言って、店の方を振り返った。

長五郎は品物の整理をしながら、そっと聞き耳を立てていた。

「長、こっちへ来な」

音松は長五郎を呼びつけた。長五郎は気後れした表情で、そっと茶の間にやって来ると、音松の横に腰を下ろした。

「兄貴が菱屋に戻ってほしいんだとよ。お前ェ、どうする」

音松はつっけんどんに言った。

「ありがとうございます」

長五郎は殊勝に頭を下げた。

「ああ、よかった。長五郎がいなけりゃ、菱屋の今後は心許ないよ」

竹蔵は長五郎を持ち上げた。

「旦那さん、だけど、条件があります」

長五郎は竹蔵の目をまっすぐに見つめて続けた。

「条件だって？」

さっと竹蔵の顔色が変わった。

「長、生意気をお言いでないよ」

お鈴は慌てて制した。

「おっ母さん、心配しないで。おいらは無体《むたい》なことを言うつもりはないから」

長五郎はさり気なくお鈴をいなした。

「どんな条件なんだい」

竹蔵は表向き、柔らかい口調で訊いた。

「旦那さんはおいらの伯父さんだ。だから今まで、おいらも呑気に奉公していたんです。この度のことで旦那さんを責めるつもりはありません。旦那さんは商売人です。理にかなうように動くのは当たり前ですよ。持参金つきの養子の話を持ち込まれりゃ、気持ちが揺れるのも道理だ」

「長、どうしてそれを」

お鈴はすっかり事情を呑み込んでいる長五郎に驚いた。

「駿河屋の伯父さんに招き猫を届けに行った時、伯父さんが教えてくれたんだ。

伯父さんは駿河屋に奉公しないかと熱心に勧めてくれた。だけど、おいらは断った。だって、両替屋じゃ一から出直しだもの。おいら金の無駄遣いも時間の無駄遣いも嫌いだ。どうせなら菱屋で奉公したことを生かせる店にしたかったから」

「すまない……」

竹蔵の声が心なしか湿った。

「野崎屋さんの息子さんは菱屋に合わなかっただけです。だけど、この次、もしも商売熱心で、しかも持参金つきの養子の話を持ち込まれたら、伯父さん、どうします？」

長五郎の言い方は竹蔵を試しているようだった。

「いや、今回で懲りた。もう決してそんな話には乗らないよ」

竹蔵はきっぱりと応えたが、長五郎は首を振った。

「本当にいい話だったら断ることはありませんよ」

「……」

「お前ェ、何が言いてェ」

音松はいらいらして長五郎に声を荒らげた。

「おいらは菱屋を継ぎません。継ぐのはこの鳳来堂です。それまで伯父さん、おいらを今まで通り仕込んで下さい。条件はそれだけです」

音松とお鈴は感心して言葉を失った。大袈裟でもなく、その時の長五郎から後光が射しているようにお鈴には見えた。

「大したもんだ。長五郎、よく言ったよ」

竹蔵は着物の袖から手巾《しゅきん》を出して眼を拭った。

「きィちゃんには悪いけど、伯父さん、そういうことにして下さい」

「わかった。それで、いつ戻ってくれるのかね。招き猫を早くどうにかしなきゃならないんだ」

「明日、一旦、菱屋に戻り、品物を持ってお父っつぁんと二人でお客さんの所を廻りますよ。全部を捌く自信はないけど、がんばれば半分ぐらい売れるでしょう。伯父さん、この際、利益のことは勘弁して下さい」

「もちろん、そこまで勝手は言わないよ。招き猫の山で店は足の踏み場もないんだ」

「わかりました」

長五郎は張り切って応えた。

招き猫は本当に福を呼んだのだろうか。

お鈴はよくわからない。商家では決まって店先に縁起物の置物を飾っている。招き猫の他、福助人形、お福さんもある。

世の中は幸福よりも不幸の方が何倍も多い。それゆえ、人々は僅かな幸福を夢見て縁起物を飾るのだ。お鈴は茶簞笥の上の万歳した招き猫に眼を向けて微笑んだ。

「これからも長を守ってね」

ぽんぽんと柏手《かしわで》を打つと、招き猫の顔も笑っているように感じられた。

音松が長五郎と一緒に菱屋を訪れると、店の片隅に台を設《しつら》え、様々な招き猫が飾られていた。噂を聞きつけた近所の人々が見物に訪れ、菱屋は、さながら神社のご開帳のような賑いだった。台の下に敷いた緋毛氈《ひもうせん》が蠟燭の灯りに照らされ、招き猫に不思議な陰影をもたらしている。百体もの招き猫が並ぶ様は、本来なら煩雑《はんざつ》な印象がするのに、どこか懐かしく、違う世界に紛れ込んだ心地がした。

長五郎も音松と同じ感想を持ったらしく、「いつまでも眺めていたいね、お父っつぁん」と言った。

「ああ。だが、これを売り捌くとなったら、ちょいと骨だな」

「ここより、鳳来堂の方が人の目につき易いような気がするよ。とり敢えず、少し運ぼう」

「待て待て。お客さんが喜んで見物しているわな。夕方になるまでこのままにしておきな」

「それもそうだね。菱屋の宣伝にもなるしね」

長五郎はそう応えると、熱心に見物している年寄りの客に近寄り、「いかがですか。縁起物ですから、一つお持ちになりませんか。お安くしますよ」と、如才ない言葉を掛けた。

潰れた備前屋はこの大量の招き猫をどこから仕入れたのだろう。今となっては、その訳を知ることもできない。一部の好事家《こうずか》が興味本位で集めたようにしか思えなかった。

招き猫の陶工は土で形を拵え、素焼きしたものに色を施す。愛嬌のある顔を描く時、陶工の表情もそれと同じように笑顔になったのではないだろうか。その想像は音松を愉快にさせた。眺める音松の顔にも自然に微笑が浮かんだ。

突然、くいくいっと、一つの招き猫の手が動いた気がして音松は思わずぎょっとなった。

すると、他の招き猫も一斉に手を動かしたように見えた。慌てて眼を擦《こす》る。他の客は別に意に介した表情でもなかった。

穏やかな春先に招き猫が音松に幻覚を見せた理由は何んだろう。音松はわからない。

ただ、機嫌よく手を振る招き猫の前で、音松は言葉もなく佇《たたず》んでいた。

貧乏徳利《びんぼうとつくり》

一

江戸は花見の季節を迎えていた。

毎年毎年、花見時になると音松の友人達は「向島《むこうじま》か上野のお山へ花見に行こうぜ」と、一度は言う。

「ああ、行こう、行くべえ」

音松は嬉しそうに応えるが、いざ、その時になると料理茶屋「かまくら」を営む勘助は花見弁当の注文が立て込んで見世を離れられないとやら、酒屋の房吉は酒の配達に追われ、猫の手も借りたい忙しさだとやら、駕籠舁きの徳次も、この時季は酔い倒れた客を家まで送り届けなければならないので、煙管《キセル》で一服する暇もないとやらで、結局、花見の計画はお流れになってしまう。

古道具屋「鳳来堂」を営む音松だけは花見時になったからといって、格別忙しい事情は起こらない。むしろ暇だ。手持ち無沙汰に春の陽射しを浴びながら、店前に雑然と置かれている瀬戸火鉢だの、戸板の類を見苦しくない程度に片づけていた。

そんな音松が可哀想で「二人でお花見に行きましょうか」と、お鈴は誘ってみるが、音松はろくに返事もしない。友人達とわいわいやるのでなければ何んの花見かという表情だった。

お鈴自身は、別に花の名所に出かけなくとも向かいの武家屋敷の庭に植わっている桜を眺めていれば十分だった。五間堀を挟んで向かいに建っている宗対馬守《そうつしまのかみ》の屋敷の桜は、毎年お鈴の眼を喜ばせる。

桜は不思議な樹《き》だと、お鈴は思う。咲いた桜は隣り合う花々と融け合い、ひと塊《かたまり》になって見える。まるで薄紅色の霞《かすみ》か雲のようだ。花の色がそう見せるのか、花のつき方でそうなるのかお鈴にはよくわからない。これが梅だと、花の一つ一つがくっきりとわかるのに。

それに桜は蕾《つぼみ》が膨らんだかと思うと、見る見る花を開き、夢幻の心地に浸《ひた》ったのもつかの間、ほろほろと花びらを散らし、もののふた廻り（二週間）で花の季節を仕舞いにしてしまう。そんな潔《いさぎよ》さも人々の心を捉えるのだろう。古来、桜を愛でる人々は多い。いや、この国で桜を嫌がる者などいないのではないかとさえ、お鈴は思っている。

その日も絶好の花見日和だった。本所五間堀界隈は花見に繰り出した者が多く、鳳来堂前の通りは閑散としていた。

だから、店に訪れた男の声が台所で朝飯の後片づけをしていたお鈴の耳にもよく聞こえた。

「旦那、こいつを引き取っていただけやすか」

気後れしているような、もの言いだった。もっとも、古道具屋に品物を持ち込む客は、たいてい、そんな感じで喋る。音松は品物に興味を引かれた時も、そうでない時も淡々とした口調で応える。それが古道具屋の主の心得かも知れない。

「お前ェさんはこれをどこで手に入れたんで？」

音松は品物を売りに来た客に、まず、その出所《でどこ》を訊ねる。盗品の恐れがないか、すばやく判断するためだ。

「へい。こいつはあっしが拵えたもんで」

「へえ、お前ェさん、陶工かい」

「陶工ってもんでもありやせんよ。瓦《かわら》職人でさァ」

「するてェと瓦を焼く合間に酔狂《すいきょう》に徳利を拵えてみたって寸法けェ」

「ま、そんなところですよ。白砂に粘土を混ぜたらいい感じになりやして、十ばかりも拵えやした。徳利の口の栓は桜の樹を切りやして、それをやすりに掛けたもんです。ちょいと乙でげしょう？」

聞いていたお鈴は胸で「桜切る馬鹿、梅切らぬ馬鹿」という諺《ことわざ》を呟いた。桜は切るより折る方がよく、梅は折らずに切る方がよいという意味だが、植木屋の親方は、さして根拠のあることではないと言っていた。

満開の桜の枝を手折《たお》る勇気は、今も昔もお鈴にはない。だが、その客は何の躊躇《ためら》いもなく徳利の栓にするために桜の枝を手折ったらしい。お鈴は少しだけ不愉快なものをその客に感じた。瓦職人というのも怪しいような気がした。

「まあ、乙と言えば乙だが……」

音松は気のない返事をした。

「ところが親方に見つかってこっぴどく叱られてしまいやした。すぐに始末して来いと言われやしたが、手前ェが拵えたもんですからほかす訳にゆかず、また材料の幾らかは弁償しなけりゃならねェもんで」

「それでうちに来たってことけェ」

「へい。みっともねェ話ですが」

「瓦職人ということだが、お前ェさんの仕事場は横川《よこかわ》けェ？」

「へい。中《なか》ノ郷《ごう》横川町にありやす」

横川の傍にある中ノ郷横川町は本所でも瓦職人が多く集まっている町だ。近くを通ると瓦を焼く白い煙を目にする。

「徳利にしちゃ小《こ》ぶりだな。どうせなら五合か一升が入る徳利を拵えたらよかったのによ」

音松は難癖をつける。お鈴は手の水気を前垂れで拭くと、そっと間仕切《まじき》りの暖簾を引き上げ、店の様子を窺った。

藍《あい》染《ぞ》めの印半纏に股引姿の若い男が縋るような眼で音松を見ていた。年の頃、二十四、五という男だ。木箱に入った徳利が地面に置かれている。

「旦那。五合徳利や一升徳利は世間にざらにありまさァ。二合だからいいんですよ。ひょいと腰に下げても邪魔にならねェし、今なら手軽に花見気分にもなれまさァ」

音松がその気を見せたのは、瓦職人が「花見気分」と言ったからだろう。

「一つ三十文でどうでしょう」

男は恐る恐る言う。

「ちょいと高《た》けェな。二十文なら引き取ろう」

音松はにべもなく応えた。

「そいじゃ、二十五文で」

「二十文だ」

有無を言わせぬ調子の音松に瓦職人は渋々肯いた。

「お鈴。二、六の百二十文を出しつくれ」

音松は振り返ってお鈴に言った。徳利は六本あるらしい。

「はいはい」

お鈴は銭を掻き集めて数え、音松に渡した。瓦職人は、ろくに銭の数も確かめず、薄汚れた巾着にざらりと入れると、頭を下げて帰って行った。

「あら可愛い」

お鈴は徳利を取り上げて感歎の声を上げた。灰色の生地に、こげ茶色で円《まる》に「正」の字が書き殴ってある。それもいい味を出していた。徳利の口には麻紐を結わえ、紐の先は栓に穴を穿《うが》って通してあった。瓦職人が言ったように片手でひょいと持てる手頃な大きさだ。

「あたしに二つほど下さいな」

「そんなものどうする」

音松は怪訝な表情で訊いた。

「お素麺《そうめん》のつゆを入れておっ母さんに届けることもできるじゃない。二合って、ほどよい量だこと。お前さんは勘助さんや房吉さんに進呈したら？　きっと皆んな、喜ぶと思う」

お鈴の言葉に音松は、ふっと笑った。

「本当はそれを持ってお花見に行けるといいのにね」

お鈴は音松の考えていることを先回りして言った。音松は何も応えなかったが、その眼は向かいの武家屋敷の桜に注《そそ》がれていた。

二

秋田佐竹藩の留守居役次席、恩田作左衛門が鳳来堂を訪れたのは、瓦職人が訪れた翌日のことだった。

恩田は向島の花見へ行って来た帰りで、ほろりと酒に酔っていた。店の外に置いてある床几に座り「年のせいか昼酒がこたえるようになった」と言いながら、お鈴の淹れた茶をうまそうに啜った。

「恩田様はまだまだお若いですよ」

音松がそう言うと「世辞を言うな」と、恩田は応えた。

「本日も絶好のお花見日和でございましたね」

お鈴も恩田の傍で丸盆を抱えて口を挟んだ。

「ひどい人出でのう、花を見に行ったんだか人を見に行ったんだか訳がわからなくなった」

恩田は冗談交じりに言う。疲れも手伝って、いつもの恩田より老けて見えた。考えてみると恩田も五十を過ぎている。そう見えても無理はない。

「でも、毎年お花見ができる恩田様はお倖せですよ。うちの人なんて、ここ何年もお花見に出かけておりませんもの」

お鈴がそう言うと、恩田は驚いた様子で音松を見た。

「お前のような極楽とんぼが花見をせぬとは解せぬ」

「ダチの都合がつかねェんですよ。花見時にゃ忙しくなる連中なもんで」

「何も無理やり友人と花見をせずとも、おかみを誘って行けばよいものを」

「恩田様。うちの人は花より団子、いえ、お酒ですよ。あたしは飲めませんからおもしろくないんですよ」

お鈴は音松を悪戯っぽく見て応えた。

「本日はお屋敷のご家来さんとご一緒でしたんで？」

音松は話題を変えるように訊いた。

「いいや。藩に出入りしている太物問屋《ふとものといや》の招待よ。いや、豪勢なもんだった」

「それはそれは……」

「何んだ、そのしみったれた顔は。よし、わしがいい物をくれてやるから元気を出せ」

恩田はふと思い出したように懐から渋紙の包みを取り出した。

「これは？」

「開けてみろ」

「へ、へい」

音松が渋紙の紐をほどくと、中から猪口のようなのが三つ出てきたが、三つとも妙だった。一つは底に穴が空いており、もう一つは側面に穴が二つ空いていた。さらにもう一つは糸尻《いとじり》の部分が三角にとんがっている。

「こいつは何んですか」

音松は怪訝そうに訊いた。

「わからぬか」

「へい。猪口に似ておりますが……」

「その通り、猪口よ」

「でも、恩田様。これじゃあ、お酒が注《つ》げないじゃないですか」

お鈴も呆れたように言い添えた。

「この猪口には『のめんかな』という名がついておる」

「のめんかな……」

「よいか。底に穴の空いたのは、こうして指を入れる」

恩田は底から中指を差し入れた。中指を入れることで猪口の穴が塞がった。これで酒がこぼれない。側面に穴があるのも親指と中指で押さえるという。糸尻がとんがっている猪口は酒を仕舞いにするまで下に置けない。だから「飲めるかな」が「のめんかな」になったという。

「誰がこんなことを考えたんでしょうかねえ」

音松も呆れたような感心したような顔で言った。

「酔狂な客を喜ばせようと拵えたのだろう。だが、最初は興《きょう》を覚えたが、すぐに飽きた。だからお前にくれてやる」

恩田はもったいをつけて言う。太物屋の主は招待した客に、それを配ったらしい。

「ありがとう存じやす」

音松は礼を言ったが、さして嬉しそうではなかった。

「それを持ってダチと花見に行って来い」

恩田は茶を飲み終えると、まだふらつく足取りで帰って行った。

「徳利と猪口は揃ったけど、お前さんがお花見できるかどうかは怪しいもんですねえ」

お鈴は音松を慰めるように言った。

「のめんかな、だとよ。こいつを拵えたのは、どうせふざけた野郎だ」

音松は決めつける。渋紙の上に置かれたのめんかなの猪口はお鈴の目にも間抜けて見えた。

その日の夕方。息子の長五郎も桜餅の入った籠《かご》を携えて鳳来堂を訪れた。質屋に住み込みの奉公に出ているので、そうして長五郎が顔を見せるのは珍しい。

「これ、どうしたの？」

お鈴が訊くと長五郎は「旦那さん達と一緒に向島に行って来たんだよ。長命《ちょうめい》寺前《じ》の桜餅は有名だから、おかみさんがおっ母さんにって買ってくれたんだ」と応えた。

「そう、長も《ヽ》お花見したんだ」

「何んだよ。おいらが花見をしたのが気に入らないのかい」

長五郎は不服そうにお鈴を睨んだ。

「そうじゃないの。お父っつぁん、勘助さん達とお花見したいのに、皆さん、ご商売が忙しくて暇ができないのよ。それでお父っつぁんは寂しい思いをしているのよ」

「寂しいことなんざ、あるものか。桜は毎年咲くんだ。その内にゆっくり花見ができらァ」

音松は長五郎の手前、虚勢を張った。

「そうか。それは気の毒だね。おいらは花見なんて、してもしなくてもいいけど、きィちゃんがどうしても行きたいって駄々を捏《こ》ねたんで、旦那さんは渋々、腰を上げたんだ。慈姑《くわい》とゆで卵を喰って、疲れて帰って来ただけさ。ただ、それだけだよ」

きィちゃんとは長五郎の従妹《いとこ》のお菊のことだった。お菊は友達とのお喋りの種に花見をしたかったらしい。

「晩ごはん食べて行く？」

時分刻に掛かっていたのでお鈴は長五郎に訊いた。

「いや、いい。今夜は近くの鰻屋《うなぎや》に行くことになっているんだ。そいじゃ、おいら、もう帰るよ。お父っつぁん、元気を出すんだぜ」

長五郎は慰めるように音松へ声を掛け、帰って行った。

「鰻だとよ。豪勢なもんじゃねェか。しぶちんの兄貴にしちゃ張り込む」

音松は羨ましそうに言う。

「あら、菱屋の義兄さんは梅次さんより太っ腹な方ですよ」

梅次は音松の二番目の兄のことである。梅次は浅草御蔵前の両替屋の番頭をしていた。

「梅兄《に》ィと比べたら、誰だって太っ腹にならァ」

「それもそうですけど」

梅次は音松の兄弟の中では一番吝嗇《りんしょく》な男だった。

「お鈴。うちの晩飯は何よ」

音松は途端に空腹を覚えた様子で訊く。

「勘助さん達も顔を見せない様子だし、今夜は簡単にお茶漬けにしちまいますよ。ごはんが残っているから始末をつけなきゃ」

音松は返事の代わりに大袈裟なため息をついた。長五郎の晩飯とは雲泥の差である。

「おィ、邪魔するぜ」

店からだみ声が聞こえた。音松が間仕切りの暖簾の下を覗くと、土地の岡っ引きの虎蔵が土間口に立っていた。

「虎蔵親分だ」

音松はそう言って店座敷に出た。後からお鈴も続く。

「まあまあ、親分。お上がりなさいまし」

お鈴は如才なく茶の間に促したが、虎蔵は「いや、ここでいい」と、店座敷の縁《ふち》に腰を下ろした。お鈴は虎蔵の前に莨盆《たばこぼん》を置いてから茶の用意を始めた。

「ちょうど、息子が桜餅を持って来てくれたんですよ。親分、摘まんで下さいな」

お鈴は菓子皿に桜餅を二つのせて虎蔵に勧めた。

「ありがとよ」

虎蔵は、ひょいと顎をしゃくると腰の莨入れから煙管を取り出し、火鉢の火で一服点けた。

「何んかありやしたんで?」

音松は虎蔵に訊いた。虎蔵が鳳来堂に訪れるのは、たいてい御用向きの時だ。

「近頃、いかにも値の張りそうな花瓶だの、茶碗だのを持ち込んだ野郎はいねェか」

虎蔵はさり気なく切り出した。

「いえ。値の張りそうな品物なら、うちには持ち込まねェでしょう」

音松は自嘲的に応えた。

「ま、それもそうだが」

「盗品ですかい」

「いや、贋作《がんさく》だ。大名屋敷から流れたもんだと言いやがって、いかにも高そうな壺や、茶会に使うような茶碗を売りつけるのよ。かなり器用な野郎でな、素人目にはちょいとわからねェもんを拵える」

「へえ……」

「あちこちでやられたと届けが出ている。八丁堀の旦那から質屋と古道具屋を当たれと言われたのよ。心当たりはねェかい」

「さあ、ちょいとそれは……」

音松は首を傾げた。

「恩田様でも引っ掛からなきゃいいと心配しているところだ。音松、大丈夫だろうな」

「恩田様はさきほど花見の帰りにうちへ立ち寄りやしたが、それらしい話はしておりやせんでしたぜ。これと言った出物を手にした時は向こうからおっしゃる方ですから」

「そうか……」

「でもお前さん。のめんかなの猪口を置いて行ったじゃないですか」

お鈴は茶の入った湯呑を虎蔵に差し出しながら口を挟んだ。

「のめんかな？」

虎蔵の表情が動いた。

「なあに。恩田様が太物問屋の主に貰ったとかで、土産代わりに置いて行ったんですよ。そんなご大層な代物じゃありやせん」

「ちょいと見せてくんな」

虎蔵は灰吹きに煙管の雁首を打つと、気になる様子で言った。

お鈴は店座敷の棚に置いていた猪口を虎蔵の前に置いた。

「何んだこりゃ！」

虎蔵は案の定、素っ頓狂な声を上げた。

「ここをこうしやしてね……」

音松は恩田に教えられた通りに猪口の使い方をやって見せた。虎蔵は低く唸《うな》った。

「その太物問屋の屋号は聞いてるか？　念のため猪口の出所を確かめる」

「いえ。恩田様がお見えになったら、それとなく訊いておきやす」

「頼んだぜ。どれ、せっかくだ。桜餅を一つよばれるか」

虎蔵は菓子皿に手を伸ばした。

「どうぞ、どうぞ。長命寺前の桜餅だそうですよ」

お鈴は得意そうに言った。

「倅は人並に花見をしたってことけェ。うちの嬶ァも近所の連中と上野のお山へ花見に行ったぜ。嬶ァが花見で浮かれているってのに、こちとら、お上の御用であちこち歩き廻っている様《ざま》だ。全く、やってられねェよう」

虎蔵はぼやいて桜餅を頰張る。音松は苦笑して鼻を鳴らした。

虎蔵は小半刻（約三十分）後に帰った。花見で酔っ払った連中が路上で寝込んだりしていないか、遅くまで見廻りがあると言っていた。

音松は虎蔵を見送ると雨戸を閉《た》て、ようやく店仕舞いした。


「ねえ、お前さん。貧乏徳利を持って来た瓦職人だけど、気にならない？」

お鈴は古漬けの沢庵をお菜に茶漬けを啜り込んでいる音松に言った。

「何んでェ」

音松は呑み込めない顔で箸を止め、お鈴を見た。

「虎蔵親分には言わなかったけど、あの貧乏徳利のできはかなりのものじゃない？」

「勝手に貧乏徳利と決めつけているぜ。あいつが聞いたら気を悪くすらァ」

「あら、あれこそ正真正銘の貧乏徳利よ。昔はあの徳利でお酒を飲む年寄りをよく見かけたものよ。今じゃ場末《ばすえ》の飲み屋さんしか使っていないでしょうよ」

「んだな。今はちろりがおおかただ」

ちろりも酒を入れる容器である。下町の居酒屋や一膳めし屋では、ほとんどそれが使われていて、お鈴の言うように長めの口が特徴の貧乏徳利を見掛けることは少ない。

「だから、あの瓦職人は、若いのによくも貧乏徳利の意匠を覚えていたものだと感心したのよ。あの人、本当に瓦職人なのかしらねえ」

「考え過ぎだ」

音松は苦笑したが、お鈴の言ったことが気になったらしく考え込むような顔になった。

「それに桜の栓や麻紐を使ったところも素人離れしていたし……」

「お鈴。ちょいと徳利を出してみな。それから猪口も」

「は、はい」

お鈴が慌てて店座敷から徳利と猪口を持って来ると、音松は箱膳を脇へ寄せ、紙燭《しそく》に火をともした。道具の鑑定をする時、音松は紙燭をともす。それは質屋を営む兄の竹蔵の影響だった。

「この徳利と猪口の生地は似ているな。どっちも灰色と薄茶色の中間みてェな色だ。違っているのは、徳利にゃ上薬《うわぐすり》が掛けてあるが、猪口は生地のまんまだ」

音松はためつすがめつして言う。

「おや？」

「どうしたの、お前さん」

お鈴は色めき立った。音松が何か気づいたらしい。

「徳利の糸尻の中に銘らしいのが打ってあるぜ。あんまり小さくて爪の痕かと思ったが」

「本当？」

陶工ならば、自分が拵えた作に銘を入れる。たとい貧乏徳利といえども、陶工には職人としての矜持《きょうじ》があるし、責任もある。あの瓦職人も見えない部分にそっと自分の銘を打ったようだ。だとしたら、いよいよ怪しい。

「銘は同じじゃねェ。へ、ひ、ら……こっちは、んか。この四つだ」

音松は六本の徳利を確かめて言った。銘にしては妙だった。

「貸して」

お鈴は音松の手から徳利を取り上げた。

「そうね。お前さんの言う通り、へが二本、ひが二本、後はらとんが一本ずつだ。だけど何んの謎掛けなんだろう。猪口にも銘はある？」

「こっちは……銘はねェけど、柄は同じだ」

「柄？」

「おうよ。雲みてェに上がふわふわしてらァ」

なるほど、よく見ると雲か波のように先が盛り上がっている柄がぐるりと猪口の周りにつけられていた。感じとしては、音松が言ったように波よりも雲だろう。

「でも、この徳利と猪口を一緒にするのは無理があるんじゃないの？　猪口を拵えたのは、あの瓦職人じゃないと思う」

お鈴の言葉に音松は何も応えず、黙って徳利と猪口に見入るばかりだった。

「明日、親分を誘って中ノ郷横川へ行ってみるか……」

しばらくして音松は独り言のように呟いた。

「お前さん、何かわかったのかえ」

「いや、わからねェ。わからねェから、もう一度、あの瓦職人に会いてェと思ってな」

音松の言うことこそ、お鈴にはわからなかった。

だが、音松は翌朝、徳利の一本と猪口を携えて慌しく出かけて行った。空は前日と違い、白っぽい雲に覆われ、花曇りという日だった。

三

竪川《たてかわ》に架かる二ツ目橋を渡り、広大な本所御竹蔵の途中にある南割下水《みなみわりげすい》まで来て音松と虎蔵は東に折れた。そのまま南割下水沿いに進む。南割下水は北中之《きたなかの》橋《はし》の手前で堀留となっている。さらに、今度は北へ歩みを進めると法恩寺《ほうおんじ》橋に行き当たる。北中之橋と法恩寺橋の下を流れる川が横川である。横川には高い堤防が築いてあった。堤防は、昔、中ノ郷横川町の住人達が洪水を防ぐ目的で築いたのだ。そこまで来ると、瓦を焼く白い煙がたなびいているのが目につく。法恩寺橋の前が中ノ郷横川町界隈だった。

「瓦の窯場《かまば》は幾つもあるんでげしょう？　目当ての職人を探し当てるのはちょいと骨ですね」

音松は存外に達者な足取りで疲れも見せない虎蔵に言った。

「なあに。徳利や猪口を焼いていた奴を知らねェかと訊けば、おっつけ知れるだろう」

「さいですか」

音松は朝方に自身番へ行き、虎蔵へ自分の考えを話した。鳳来堂に来た男が贋作を拵えた奴だと確信がある訳ではなかったが、焼き物の心得があることだけは間違いない。

「とり敢えず、ここから当たってみるとするか。お前ェはここで待っていな」

虎蔵は立ち腐れたような塀の中にある一つの窯場へ入って行った。石造りの窯の後ろには煙突が取りつけられ、そこから白い煙が上がっていた。窯の前には鉄の扉が取りつけられている。すぐ近くに掘《ほ》っ立て小屋もあった。

瓦職人は、窯に火入れした後は交代で火の番をする。掘っ立て小屋は職人が仮眠したり、食事をしたりする所なのだろう。その掘っ立て小屋の横に細い桜の樹があった。幹が細い割に大きく枝を拡げ、桜は今を盛りと咲き誇っていた。音松はため息をついて桜に見惚《みと》れた。

「おう、とんだ所で花見ができた。今日はいい日だ」

音松が立っていた横をぞろぞろと揃いの印半纏の男達が通り、その中の一人が桜に気づいて感歎の声を上げた。鳶《とび》職の男達だった。ひと仕事を終え、これからまた、別の仕事に向かうところでもあったのだろう。鳶職は大工の普請《ふしん》現場の足場を組む他、町内の溝浚《どぶさら》いなどの雑用もこなすが、火消しの御用が何んと言っても大きな仕事だ。

男達の印半纏の背に「十四」の文字が白く染め抜いてあった。本所の町火消し十四組の連中だった。音松は何気なく男達の背を眺めていたが、突然、胸が堅くなった。「十四」の文字は四角で囲ってあったが、上の方だけ盛り上がった雲の形にしてある。それは猪口の柄と同じだった。

「ちょ、ちょいと待っておくんなせェ」

音松の声に連中は一斉に振り返った。

「十四組の皆さんですね」

「おう、それがどうした」

頭取《かしらどり》らしい三十五、六の男が睨むように音松を見た。

「纏《まとい》は雲でしたか」

「おきゃあがれ。雲じゃねェわ。雲板《うんぱん》というんだ」

傍の若い者が癇を立てて音松に怒鳴った。

「雲板？」

「お前ェさん、どこの者だ」

頭取らしいのが訊いた。

「へい。あっしは五間堀で鳳来堂という古道具屋をしておりやす」

音松はもごもごと応えた。音松の周りを鳶職の男達が取り囲んだ。下手なことを言ったら袋叩きに遭いそうな凄みを感じて、音松は脇の下に冷たい汗をかいた。

「二、三日前にこんな物を手に入れやして、この柄が、その雲板じゃねェかと……」

音松は猪口を取り出して見せた。

「なるほど、これは確かに雲板だ。雲板というのは寺で合図のために打ち鳴らす鉄や銅のことよ。それにあやかって組の印にしている。だが、それがどうした」

頭取らしいのが訊く。他の男達より貫禄があったから頭取に間違いないだろう。

「頭。そいじゃ、こっちの、ひ、って文句に心当たりはありやすかい。何ね、この猪口と徳利は同じ奴が拵えたんじゃねェかと考えてるもんで」

音松は徳利の尻を見せて訊く。

「ひ、と言えば、おれ達なら火事のひ（火）しか思い浮かばねェなあ」

頭取は伸び掛けた顎鬚を撫でて応えた。

「他にへ、と、ら、と、んもあるんですが……」

言った途端、男達が一斉に笑った。小馬鹿にしたような笑いだった。

「火消し四十八組の中じゃ、へ、ひ、ら、んを使っている所はねェ。そいつは火消しの忌《い》み言葉よ。ひ組も、ら組も、もちろん、へ組や、ん組もねェ」

男達の一人が吐き捨てるように言った。音松はようやく合点《がてん》がいった。

「そいじゃ、不躾《ぶしつけ》を承知で伺いやす。お前ェさん達の組で茶碗や徳利を焼くのがうまい人はおりやせんか」

そう言うと、男達は互いに顔を見合わせた。

「いたらどうした」

斜《しゃ》に構えた返答が男達の一人からあった。

音松は言葉に窮した。あの男がまだ贋作の咎人とは決まっていない。黙った音松に男達は「どうした、どうした」と詰め寄った。

「幕張、いってエどうした」

虎蔵が窯場から出て来ると怪訝な顔で声を掛けた。

「親分、猪口の柄は十四組の纏の印でした」

音松は地獄で仏に会ったように心《しん》からほっとした。

「幕張だとよ。何んのことだ？」

男達がぶつぶつ言っている。

「こっちを縄張《なわばり》にする土地の親分はどなたさんで？」

虎蔵は慇懃《いんぎん》に頭取に訊いた。

「吉田町の万吉《まんきち》親分だが、お前ェさんは？」

「五間堀の虎蔵ってもんです。十四組の土手組で林蔵《りんぞう》という若い者がいるはずだ。そいつにちょいと訊きてェことがある。居所《いどこ》を教えてくんねェ」

土手組は人足とも呼ばれ、火消しの階級の中では最も下である。

「林蔵が何をした」

頭取は不安そうな顔になった。

「いや、今のところは、ただ話を訊くだけだ」

「林蔵は、今日の仕事はあぶれだから、茶碗でも拵えているだろう。半次《はんじ》の窯場にいらァ」

頭取は割合素直に教えてくれた。

「そいじゃ、あっし等《ら》は、その半次の窯場に行って、それから吉田町の番屋へ向かうとしやす」

「それには及ばねェ。通り道だから、おれ達が林蔵を番屋へ連れて行くぜ」

「……」

虎蔵は疑わしい目つきになった。もしかして林蔵を逃がすつもりではないかと思ったらしい。

「親分、余計な心配は無用だ。怪しい奴を逃がしたと世間に知れたら十四組の恥だ。ま、土手組は火消しの数にも入らねェ連中ばかりだから何があっても驚かねェよ」

「林蔵は組に入って長いのけェ？」

虎蔵は安心したように続けた。

「いや、組に来たのは一年前からだ。それまでは陶工の弟子をしていたらしい」

「なるほど。で、陶工の弟子を辞めた理由は何よ」

「詳しくは知らねェが、師匠から破門になった様子だ。な？」

頭取は傍の若者に相槌を求める。

「瀬戸物の横流しをして小遣い稼ぎをしたのが見つかったと聞きやした。結構、腕がよかったんで、そのまま修業してりゃ、ものになったのによ」

若い者は訳知り顔で応えた。林蔵がそういう男なら、贋作を拵えても不思議はないと、音松も思った。林蔵が鳳来堂にやって来た時、十四組の半纏は着ていなかった。自分の素性を隠していたような気もする。

「そいじゃ、ひと足先に番屋へ行くとするか。幕張、行くぜ」

虎蔵は音松を促した。

「親分、その幕張ってのは何んでェ」

頭取は音松をじろりと見て訊く。

「こいつの半纏をようく見なせェ。芝居の定式幕で拵えているんだよ」

そう言われて頭取ばかりでなく、鳶職の男達も音松の半纏をまじまじと見た。

それから笑い声が上がった。

「古道具屋をしているからって、何も芝居の幕のお古で半纏にすることもあるめェ」

頭取は愉快そうに言った。

「好きなんですよ、芝居の幕が」

音松がむきになると、男達はさらに笑った。

四

吉田町の自身番へ現れた林蔵には殴られた痕があった。半次という瓦師の窯場へ十四組の連中が迎えに行くと、林蔵はやましい気持ちがあるものだから、咄嗟に逃げようとしたらしい。組の連中は、そうさせてはならじと、捕まえて痛い目に遭わせたようだ。

万吉が追及すると贋作の件はあっさり白状した。音松が予想したように猪口も林蔵が拵えたものだった。

音松は貧乏徳利の銘と猪口の柄のことが気になっていた。それで万吉の了解を取って林蔵に訊いた。

「のめんかなの猪口も誰かの写《うつ》しけェ？」

「いや。それはあっしが考えたものです。だが旦那、そいつをどこで手に入れたんで？」

林蔵は腑に落ちない表情だった。そこから足がついたことが、いかにもいまいましそうでもあった。

「ま、悪いことはできねェものよ。うちの店の客が手土産代わりに置いて行ったのよ。後でよく見ると、徳利と生地が似ていることに気づいたんだ。猪口に十四組の纏の印をつけたのはいいとして、お前ェ、貧乏徳利に、へ、ひ、ら、ん、の銘を打ったのはどういう理屈よ」

「おれは火消しの数にも入らねェ土手組よ。いろは四十八組で使われねェ文字のような男だ。それでちょいと皮肉ったまでよ」

「なるほどな。徳利はうちの嬶ァが大層気に入った様子だった。売り物にしねェで、手前ェで使うとよ。猪口はおれが使わァ」

そう言うと、林蔵は音松をまじまじと見つめ、それからぽろりと涙をこぼした。

音松の言葉がよほど嬉しかったらしい。

「何も贋作を拵えねェでも、お前ェさんには立派に陶工の腕がある。それに何より若けェ。お裁きを受けることにはなるが、まさか命までは取られめェ。了簡を入れ換えて、これから精進しな。またいい物を拵えたら持って来な。安くていいなら引き取るぜ」

音松の言葉に林蔵は咽び泣くばかりで返事ができなかった。

音松と虎蔵が五間堀に戻ったのは夕方近くだった。林蔵の処分は万吉に任せた。贋作の被害は結構な額になっていたので奉行所の取り調べは免《まぬが》れない。

だが、病の母親の薬代にするための悪事なら奉行所も幾分、裁きに弛《ゆる》みを持たせるだろう。林蔵の父親は、有名ではなかったが陶工だった。庶民が使う茶碗や皿を焼き、贔屓の客もついていたという。しかし、林蔵が十五歳の時、古びた窯が火を噴き、それが原因で火事となった。父親は世間様に申し訳が立たないと、燃え盛る火の中に飛び込み、命を落とした。

悪いことは重なるもので母親は中風に倒れた。林蔵は母親を養うために必死で働いたが、陶工の弟子では思うような銭を手にすることができなかった。

贋作は兄弟子が始めたことだという。兄弟子の手伝いをして銭を手にした。およそ七、八年もの間、師匠の目を盗んで贋作に手を染めていたらしい。やがて兄弟子の所業がばれると林蔵も同様に破門となり、師匠の家を追い出された。それから本所に来て、十四組の土手組に入ったのだ。

しかし、長年の陶工の技はおいそれと捨てられるものではない。林蔵は仕事が休みになると半次の窯場へ出向き、自分が工夫した徳利や猪口を焼かせて貰った。またぞろ贋作に手を染めるようになったのは、火事の現場で偶然に兄弟子と会ったからだ。

どうも林蔵という男は意志の弱い男に思える。しかし、父親が生きていたら、こんな結果になることだけは避けられたような気がした。

おれは何があっても長五郎のために生き抜く。音松は林蔵を見て肝に銘じた。

鳳来堂の前で虎蔵と別れると、音松は「おおい。今、帰ェったぜ」と、声を張り上げた。

「お前さん。さっき勘助さんが見えたんですよ」

お鈴は店座敷に出て来て言った。

「勘ちゃんが何んだって」

「要律寺《ようりつじ》でお花見しているから、いらっしゃいって」

要律寺は六間堀の傍にある寺である。境内には向島や上野のお山ほどではないが桜の樹も植わっている。

音松は店の外に眼を向けた。そろそろ夕暮が迫っていた。

「何んでもね、お花見弁当が十ばかりも余ったんですって。それでこの際、お花見をする気持ちになったみたい」

「だが、おっつけ日が暮れる。おれはよしにするぜ」

音松はため息交じりに言った。今から駆けつけても、じきに花見の宴は仕舞いだろうと思った。だが、お鈴は笑顔のまま続けた。

「境内に雪洞《ぼんぼり》を立てて、夜桜の趣向だそうよ」

「本当けェ？」

音松の表情が輝いた。

「ええ。お寺の住職さんも仲間に入って、今夜は楽しくやりましょうって」

「お鈴。貧乏徳利を洗って、酒を入れてくれ」

「あい。承知、承知」

のめんかなの猪口も持って、それで酒を酌み交わすのだ。さぞかしこたえられない味だろう。

林蔵は世間様に迷惑を掛けたが、音松には花見の小道具を用意してくれたと思う。貧乏徳利は林蔵の父親が好んで作ったものだった。

父親の思い出が林蔵に貧乏徳利を作らせたのだろう。見た目はありふれた代物だが使い込むほどに愛着を覚える。貧乏徳利とは人々の暮らしに密着した道具なのだ。林蔵の父親の心意気は十分に息子へ伝わっている。父親を誇りに思う気持ちがあるのなら、きっと林蔵もやり直せるだろう。音松は強くそう思った。

音松は四本の徳利と猪口を携えて要律寺へ向かった。六本全部に酒を詰めろと言ったが、お鈴は、二本は自分の物だと譲らなかった。

五

要律寺の門前町はおでんや団子、ゆで卵などの露店が出て大層な賑いだった。

境内に入ろうとした時、足許に早くも桜の花びらが散りこぼれていた。この二、三日で花も仕舞いだろう。間に合った。音松は得をしたような、安堵したような気持ちだった。

茣蓙《ござ》を敷き、車座になって酒を酌み交わす花見客が境内には他にもいた。

「音松。ここだ、ここ」

勘助が手を挙げて合図した。そちらを見ると房吉と徳次もいた。

「来ねェかと思って心配したぜ」

徳次は早くもほろりと酔った顔をしている。

「皆んな、仕事はいいのけェ？」

音松は心配顔で訊く。

「他人様の花見の話はさんざ、聞いた。今度はおれ達よ」

房吉は「剣菱《けんびし》」の菰樽《こもだる》を傍に置いて上機嫌だ。菰樽は房吉の差し入れだろう。

重箱の蓋が開けられ、茣蓙の真ん中に豪華に並んでいる。筍と高野豆腐の含め煮、卵焼き、甘鯛の西京焼き、わけぎのぬた、五目寿司。滅多に口に入らない料理ばかりだ。

「住職はどうしたい」

音松は腰を下ろすと誰にともなく訊いた。

住職と一緒に花見をするようなことを、お鈴が言っていたからだ。

勘助は別の連中の方へ顎をしゃくった。振り返ると住職が別の花見客と朗らかに談笑している。

「御前様《ごぜんさま》はあっち」

「さっきまでここで飲んでいたんだよ。結構、いける口でな、とんだ生臭坊主《なまぐさ》よ」

徳次が冗談交じりに言う。徳次の顔は、まだ春だというのに、すっかり赤銅《しやくどう》色に陽灼けしていた。

「生臭だからいいのよ。お蔭でおいら達は夜桜が楽しめるというものだ。上野のお山だったら、日暮れにゃ追い出されるぜ」

勘助は訳知り顔で言う。

「さ、おれの土産だ。一本ずつ取りな」

音松は貧乏徳利を三人に渡した。

「懐かしいなあ、こういうの」

勘助は徳利を手にすると眼を細めた。

「だろ？　おれはこれで皆んなと花見がしたかったんだ。おっと、ついでにこっちもある」

のめんかなの猪口を出すと三人は呆気に取られたような顔をした。音松は得意そうに使い方を教えた。徳次は底に穴が空いているのを手にして、

「何んかよう、妙な心持ちがするぜ。穴に指を突っ込むなんざ」

と、にやけた笑みを浮かべた。房吉は徳次の後頭部をぱんと張った。

「相変わらず助平なことしか考えねェ男だ」

「おれ、何んも言ってねェぜ。房吉、助平なことってどういうことよ」

徳次はとぼけて訊く。

「そのう……」

途端に房吉は言葉に窮した。

「徳次。ヤサ（家）に帰ェったら嬶ァの穴にゆっくり指を突っ込みな。下らねェ

ことで房吉をいじめるな」

「か、勘ちゃん」

音松は呆れて勘助を見た。普段は客の手前、言葉遣いには気をつけているが、それ以外だと勘助はなかなか辛辣《しんらつ》なもの言いをする男である。

「音松。日中、ずっといなかったな。どこへ行っていた」

勘助は音松の猪口に酌をしながら訊いた。

のめんかなの猪口は三つしかなかったので、音松だけは普通の猪口を使った。

勘助は左手に底がとんがった猪口を持っている。

「その貧乏徳利と猪口を拵えた野郎の所へ行っていたんだ。火消しの土手組の男でよ、ほれ、徳利の後ろには、へ、ひ、ら、ん、の銘が打ってあるだろ？　手前ェはその銘の字みてェな男だとほざいていたぜ」

「何んかやったのか、そいつ」

勘助はさり気なく音松の話を急かした。

「ああ。ちょいとな。それで虎蔵親分の伴をしていたのよ」

「訳ありの様子だな」

「後でゆっくり話すが、今日は勘弁しつくんな」

花見の席で林蔵の話をするのは切な過ぎた。勘助は音松の気持ちを察して、それ以上は追及しなかった。

「火消し四十八組じゃ、へ、ひ、ら、ん、は使われていねェよな。ひは火に通じるからわかるけど、後の三つがわからねェ」

房吉は徳利の尻を見ながら素朴な疑問を口にした。音松も、そう言えばよくわからなかった。

「徳次は知ってるか」

勘助は試すように訊いた。

「へは屁をひるのへだろ？　んは語呂が悪いやね。らは……」

そこまで言って、徳次はにやけて笑みを浮かべた。

「さすがだな」

勘助は皮肉な調子で応えた。何がさすがなのか、音松には、さっぱり意味が通じない。

「勘ちゃん、教えてくれよ。おれァ、さっぱりわからねェ」

房吉が甘えたような口調で言った。勘助は呑み込めない様子の音松の顔もちらりと見て口を開いた。

「巻き貝のことを螺《ら》というそうだ。その伝だと蝸牛《かたつむり》も入るが、それはこの際、省《はぶ》いて。貝と言えば……」

「女のおそそ（女陰）」

徳次は嬉しそうに口を挟んだ。

「そうそう。幾ら何んでも火消しの纏におそそは使えねェ。また螺には重なるという意味もあるそうだ。火事が重なったら困るだろうが」

「重なる！」

徳次は声を張り上げた。徳次は、どうも下掛《しもが》かった方向に考えたがる。悪い酒になったようだ。

音松は猪口を口に運びながら雪洞に照らされた桜を眺めた。夜目にも白く映る桜は、時折、はらりはらりと花びらを落とした。その風情は夢幻の心地と言おうか、狐に騙《だま》されているような心地と言おうか。何んとも不思議なものだった。

音松はその時、人々が花見に躍起になる気持ちがわかった。そんな気持ちにさせてくれるのは桜しかないと。

酔った徳次が滅茶苦茶な仕種で踊る。房吉も歌いながら踊る。音松と勘助は腹を抱えて笑った。

踊り疲れた徳次は桜の幹を力任せに揺すった。莫蓙を拡げていたのは一番大きな桜の下だった。桜の樹は徳次の狼藉《ろうぜき》にたまらず、ざあっと花びらを落とした。重箱と言わず、菰樽と言わず、勘助のたっぷりとした黒髪の上と言わず……。

「あーあ、徳次はいけねェなあ」

房吉は慌てて重箱に散った花びらを払う。

「いいんだ、房吉。そのままにして置きな。いっそ、乙だ」

勘助は鷹揚に言う。音松は勘助の猪口に酌をした。

「こんな花見が一度してみたかったんだ」

勘助は独り言のように言った。

「そうけェ」

「夜桜の下で弁当を拡げ、馬鹿をやりながら酒を飲む。それがしてみたかったんだよ」

勘助は続ける。

「気が済んだのけェ？」

「ああ。今回は弁当の注文がふいになったからできたようなものだ。こんなことは滅多にねェ。ご先祖様のお蔭かな。勘助、お前はよく働いた、褒美に花見をさせてやろうってね」

「へへえ。普段は仏《ほとけ》、放《ほ》っとけの勘ちゃんにしては珍しいことを言う。だが、ありがとよ。おれも花見がしたかった。勘ちゃん達と桜の下で酒を飲みたかった。願いが叶ってよかったぜ」

音松はしみじみ言う。

「おいらは、また花見ができるだろうか」

勘助は頭上の桜を見上げて言う。

「おうよ。来年もやろうぜ。夜桜なら何んとか都合がつくだろ？」

「さ、それはどうかな」

「勘ちゃん……」

勘助は浮かない表情だった。音松は、勘助の見世で何かあったのではないかと思った。豪華な花見弁当を反故《ほご》にした客のせいか。

徳次は酔い倒れて寝込んでしまった。房吉は途中で息子が迎えに来て、ひと足先に帰った。

境内の花見客も夜が更けるとともに、ひと組、ふた組と引き上げた。住職は

「わたしも引き上げますが、あなた達はどうぞごゆっくりなさって下さい。遠慮

はいりません」と、鷹揚に言って本堂に入って行った。

「徳次はどうする」

音松も落ち着かない気持ちになった。

「なあに。うちの見世はすぐそこだ。今夜はうちに泊めるよ。もうすぐ、見世の追い回し（下っ端の板前）が後片づけにやって来る。音松、それまでつき合え」

「う、うん……」

「帰りたいのか」

勘助の眼が据わっていた。そんなことも珍しい。

「いや、おれは構わねェが……」

「なら、もう少しつき合え」

勘助は強引な口調で命じた。

「ああ」

とうとう、境内には音松達しか人がいなくなった。門前町の灯りも消えた。雪洞に照らされた桜は怖いほど美しい。

「寂しいな」

勘助はぽつりと呟いた。

「ああ。花見は周りに人がいるから楽しいのかも知れねェ。誰もいなくなると何やら、おっかねェ」

「意気地なし」

勘助は薄く笑った。

「勘ちゃんに言われたくはねェやな」

「人が死ぬ時は、こんなふうな気持ちになるのかな。寂しくて、暗くて」

「縁起でもねェことは言うなよ」

「そうだな。おっと、料理が余っちまった。音松、お鈴さんに持って行くか。と言っても花まみれだが」

「ああ。もったいねェから貰って行くぜ。明日はこれで飯を喰えば、お鈴も仕度の手間が省けて喜ぶ。勘ちゃん、見世が落ち着いたら、またうちへ遊びに来いよ」

「ありがとよ。お鈴さんの拵える肴はいつも楽しみだった」

「今夜の勘ちゃんは、ちょいと普通じゃねェぜ。何んかあったのか」

「いや……」

勘助はそっと音松の視線を逸らして桜を見上げた。樹齢百年とも言われる桜は思うままに枝を伸ばし、びっしりと花をつけていた。花の覆いで暗い夜空も見えない。勘助はそれから、追い回しが現れるまで何も喋らなかった。

その時、勘助が何を考えていたのか、音松にはわからなかった。ただ、もの思いに耽《ふけ》っているような勘助の横顔を音松はぼんやりと見つめていた。

六

要律寺での夜桜は音松にとって一生忘れられないものとなった。音松は、二度と勘助と一緒に夜桜を見ることはできなかったからだ。

その夜から間もなく、勘助は病の床に就いた。肝《かん》ノ臓《ぞう》がぱんぱんに腫《は》れ、胃ノ腑もやられていたらしい。商売柄、一日たりとも酒が切れなかったのが病の原因だった。客に銚子を勧められたら勘助は決して断らない。酒の一滴は血の一滴だと言って、いつもうまそうに飲み干した。なまじ酒が強かったのも仇《あだ》となったらしい。医者の手当てを受けた時は手遅れだった。

梅雨が明けた頃、勘助は危篤状態に陥った。

音松は勘助の女房から呼び出され、見舞いに訪れた。

ひと回りも顔が小さくなった勘助は昏々と眠り続けるばかりだった。

「音松さんにいただいた徳利と猪口が大層気に入った様子でね、お客様にも自慢していたんですよ。それとね、音松さん達とお花見したのも嬉しかったらしくて、あたしに何度も話すんですよ。徳次さんが桜の樹を揺らして花びらを雪のように降らせたとか……」

勘助の女房のおすみは泣き笑いの顔で言う。

のめんかなの猪口は勘助に取られてしまった。くれるつもりはなかったのだが、勘助は勝手に持って行ってしまったのだ。むきになって返せと言わなくてよかったと音松は心底思った。それほど気に入ったのなら音松は喜んで進呈するというものだ。だが、音松は正座した膝頭を両手で摑み、何も応えられなかった。

「もうねえ、お水も喉を通らないの。音松さん、あたしのせいじゃないよね」

おすみは縋るような声で訊く。音松は唾を飲み込んでようやく肯いた。

「うちの人、あたしを泣かせるようなことは、ただの一度もしたことはないの。だけど、最後の最後でこんなに泣かせて……あたし、この三《み》月足らずの内で一生分の涙を流したと思うのよ」

「……」

「うちの人にもしものことがあったら、あたし、どうしたらいいのか……」

「おっ母さん、鳳来堂の小父さんに愚痴を言っても始まらないよ」

勘助の息子の友吉《ともきち》がいらいらした顔でおすみを遮った。友吉は十歳だ。まだ子供だけれど、後、五、六年もしたら、きっとおすみの右腕となり、立派にかまくらを守り立てるはずだ。

銭はないけれど、友吉の力になりたいと音松は決心していた。

小半刻して、音松は暇乞いした。結局、おすみにも友吉にも気の利いたことは喋れなかった。だが、見送ってくれた友吉の顔を見たとき、たまらず胸にぎゅっと抱き締めた。

「小父さん、お父っつぁんが死んでも、小父さんはいつまでもお父っつぁんの友達だよね」

友吉は、音松に抱き締められたまま、そう訊いた。

「ああ」

「何かあったら頼っていいんだね」

「ああ、もちろんだ」

「お父っつぁんも言っていた。悩み事があったら鳳来堂へ行けって。きっと小父さんが親身になって話を聞いてくれるからって」

勘助にそこまで見込まれていたとは驚きだった。自分は本当にそれだけの器量がある男なのだろうか。

「今は何も考えずに親父の傍にいてやんな。おっ母さんが倒れないように気を遣うんだぜ。お前ェはかまくらの跡継ぎだ。おたおたするな」

音松は怒鳴るように言ってかまくらを飛び出した。そのまま五間堀に向けて音松は走った。涙がとめどなくこぼれ、唇まで伝う。おまけに洟まで垂れた。大の男がそんな顔で歩いてなどいられない。だから音松は走った。

陽盛りの暑い日だった。定式幕の半纏の襟が汗で濡れた。音松の泣き声は次第に高くなった。五間堀は糊《のり》でも溶かしたように温《ぬる》んでいる。早くお鈴の顔が見たかった。お鈴の前でさらに盛大に音松は泣きたかった。

五間堀には鳳来堂という古道具屋がある。主は定式幕で拵えた半纏を年中着ている。

女房は店番の合間に外に七厘を出し、魚を焼いたり、煮物の鍋を掛けている。時分刻にはうまそうな匂いが辺りに漂い、通り過ぎる人々の腹の虫を鳴かせる。

この店には年中、友人達が集《つど》い、なかよく酒を酌み交わしている様子でもある。夜も更けて通りが静かになると笑い声が外まで聞こえる。月に一度はそれが啜り泣きに変わることもある。何んでもその日は友人の月命日らしい。

泣いたり、笑ったり。

太平楽なものだと近所は噂する。音松と友人達は、そんな噂を意に介する様子もない。相変わらず泣いたり、笑ったりを繰り返していた。

泣いたり、笑ったり。

解説

磯貝勝太郎《いそがいかつたろう》
（文芸評論家）

「髪結い伊三次捕物余話」シリーズ、『深川恋物語』、『深川にゃんにゃん横丁』など江戸の深川を舞台に、独自の時代小説の世界をきずいた宇江佐真理は、今回、文庫本に収録された連作短編集『ひょうたん』では、区域を本所《ほんじょ》に移し、「本所五間堀《ごけんぼり》・鳳来堂《ほうらいどう》」シリーズ六編を書いている。

深川とともに、下町といわれる本所は、縦横《じゅうおう》に流れる川と、多数の堀割《ほりわり》から成り立つ水辺《みずべ》の町であった。

川と堀割という水路網《すいろもう》は、関東各地の物資を江戸市中に運ぶ大動脈の役割を果たす一方で、大雨の排水《はいすい》や、家事用の水源と廃水《はいすい》の役割もあった。

本所（現・墨田《すみだ》区南部地域）には、下級武士や商人たちの家が建ち並んでいたが、とりわけ多かった建物《たてもの》は、中間《ちゅうげん》（武家の使用人）、陸尺《ろくしゃく》（駕籠《かご》舁き）、職人などが住む長屋《ながや》であった。

長屋では、職業が異なっても、人と人とのつきあいを大切にして、たがいに助けあう下町かたぎが、つちかわれたので、〝遠くの親戚より近くの他人〟という考えが強かった。

江戸の八百八町《はっぴゃくやちょう》の境界《きょうかい》には、警備の木戸《きど》を設けて、昼間は門が開けられ、通行が自由であったが、四つ（今の午後十時ごろ）になると、門を閉じて、通行禁止となり、木戸番が警戒にあたった。

木戸が設けられると、同じ町内の住民たちのあいだに、身内も同然だという意識が生まれ、喜怒哀楽《きどあいらく》を分《わ》かち合う運命共同体的な考えが強くなった。

音松《おとまつ》、お鈴夫婦が営む古道具屋、鳳来堂は、本所北森下町《きたもりしたちょう》の五間堀《ごけんぼり》（幅《はば》五間ほどに開削《かいさく》して、つくられた人工の堀割）沿《ぞ》いの通りを挟《はさ》んで、五間堀に面しているという設定になっている。

五間堀や六間堀は、排水の機能を果たしつつ、舟運の便に利していたので、猪《ちょ》牙舟《きぶね》（細長くて屋根のない、先のとがった舟。軽快で、速度が速いという利便性から、人を運んだり、舟遊びに適していた）、伝馬舟《てんません》（荷物をはこぶ小舟）、渡《わた》し舟《ぶね》（渡し場まで、人、馬、貨物をはこぶ舟）などの舟の往来がにぎやかであった。

この連作短編「貧乏徳利」の第三節の冒頭文に出ている南割下水《みなみわりげすい》は、道を二分したようなかたちなので、割下水とよばれ、南北二条が、南割下水、北割下水といわれていた。

本所の古老によると、こんにちでは、五間堀、六間堀は埋め立てられてしまい、割下水は、地下排水路となり、舗装道路に変わったという。JR総武線の両国駅北側の江戸東京博物館前から、大横川に架《か》かる長崎橋までの、まっすぐな道は、南割下水の跡で、一九二三年（大正一二）の関東大震災までは、南割下水のおもかげを残し、青どろが浮かんでいたそうだ。

閑話休題《それはさておいて》、この短編集の特色は、鳳来堂の主人・音松が店で売る古道具と、女房のお鈴がつくる食べものを、市井《しせい》の人情、心意気のストーリーにからめて、描き出していることにある。

鳳来堂は、音松の父親が開いた店で、当時は高価で、上等な品物を置き、客も大店《おおだな》の主人や、高禄の武士たちであった。店を継いだものの、遊び人《にん》の音松が、お鈴と所帯をもってから、商《あきな》いにはげむようになり、がらくた同然の物や、文字通り中古の鍋釜《なべかま》、鉄瓶《てつびん》、箪笥《たんす》、蒲団《ふとん》などを置き、銭のない新婚の若夫婦や、江戸へ出稼ぎに来た椋鳥《むくどり》（田舎から上京する者を、あざけって言うことば）など貧しい客を相手とするようになった、いきさつも面白い。

だが、もっと興趣《きょうしゅ》深いのは、がらくた同然の品物や、安物を置く古道具屋に、主人の音松が庶民とは無縁の大名道具、織部《おりべ》の茶碗《ちゃわん》を持ち込んだり、古道具だけでなく、大川《おおかわ》（隅田川《すみだがわ》）に身投げしようとした男性を持ち込んだために展開される親子の情愛物語である。

あるいは、尾羽《おは》うち枯らしたような浪人が、最上の大業物《おおわざもの》に選ばれた名刀のそぼろ助広を、垢《あか》じみた身なりの年少の姉弟が年代物のびいどろの上品な簪《かんざし》を、倒産しかけた瀬戸物屋の手代が十体《じったい》の招き猫を、瓦《かわら》職人と称する男が徳利《とつくり》を、鳳来堂にそれぞれ持ち込んで起こる悲喜こもごものはなしである。

さらに、各編の連作を読んで、いちだんと食欲がそそられるのは、手料理のうまいお鈴が、四季折折の食材を生かした食べものを、音松や、質屋に住み込み奉公の一人息子の長五郎、酒屋「山城屋《やましろや》」の房吉《ふさきち》、駕籠舁きの徳次《とくじ》、料理茶屋を営む勘助《かんすけ》ら音松の幼なじみの友だちに食べさせたり、お裾分《すそわ》けしたりするありようが巧妙に描かれており、大根や鰯《いわし》の煮付《につ》けかた、筍《たけのこ》の茹《ゆ》でかたなどが、料理の手引書をひもとくように、わかりやすく書いてあることだ。

表題作「ひょうたん」の第一節、冒頭の文章のあとに、稲荷《いなり》寿司のつくりかたについては、つぎのようである。

「お鈴は稲荷寿司を拵《こしら》えていた。稲荷の縁日だから稲荷寿司という訳だ。豆腐屋から買い求めた小揚《こあ》げを油抜きしてから半分に切り、それを醬油と砂糖で甘辛く煮詰める。味が染《し》みた小揚げはそれだけでもおいしい。かけうどんの上にのせてもいい。

翌日の昼はうどんにするつもりだから、少し取り分けておこうと算段していた。

店の外へ七厘を出し、鍋をのせて小揚げを煮ている間、お鈴は中に詰める酢《す》飯《めし》の用意を始めた。

硬めに炊き上げた飯を平《ひら》たい桶《おけ》に移して合わせ酢を掛け回す。それからが、ひと仕事である。右手に持ったしゃもじでさっくり飯を混ぜながら、左手に持った渋団扇《しぶうちわ》で忙《せわ》しなく扇《あお》ぐ。そうすると飯に照《て》りが出るのだ。」

小揚げを、ひたひたと煮《に》ている醬油《しょうゆ》の匂《にお》い、合わせ酢のツンとした匂いに食欲と、ほのかな幸せを感じる。

お鈴は鳳来堂の店番の合い間に、七厘《しちりん》を出して、何か煮ている。時分刻《じぶんどき》に、五間堀沿いの道を歩く人びとは、いい匂いを漂《ただよ》わせている鍋に、恨《うら》めしそうな視線を投げて通り過ぎたり、腹の虫が騒いで困ると、誰しも口をそろえて言う。

お鈴の心づくしのお菜《さい》に魅せられ、晩飯刻になると、房吉、徳次、勘助ら個性的な連中が鳳来堂に集まり、馳走《ちそう》になる。音松も加《くわ》わって、たがいに言いたい放題だが、下町の情趣、ユーモアがあり、時には、下掛《しもが》かった、はなしに花が咲く。友だちと酒、女房の手料理さえあれば、何も要らないという音松が、財布の底をはたき、四百文で買った超掘り出し物、織部茶碗は盗品だとわかり、その金を無にして、茶碗を持ち主に返すことを決意するいきさつを書いた「織部の茶碗」には、息子の長五郎の将来をおもう親心と、〝けちな道具屋をしていても心は錦《にしき》だ〟という江戸っ子の矜持《きょうじ》と心意気があらわれている。

両国橋から大川に身を投げようとして、音松に救われた角細工《つのざいく》の職人・夏太郎《なつたろう》と常吉《つねきち》との義理の父子関係を通して、〝お金に勝《まさ》るもの〟について、お鈴が教えられる物語「ひょうたん」には、夏太郎が拵えて、お鈴と、常吉の母親で、後《ご》家《け》・おたかに一つずつ贈った瓢箪《ひょうたん》の根付けの細工物の中から出てきた色違いの六個の瓢箪、小さな下駄《げた》一足《いっそく》、賽《さい》ころ一つをめぐる謎ときばなしの趣向が凝《こ》らされ、夏太郎の性格が表現されている。

「びいどろ玉簪」は、お鈴や柳橋の芸者・豊八《とよはち》が、少女・おつぎ、少年・金助《きんすけ》の姉弟から騙《かた》りに遭《あ》ったてんまつと、その姉弟に騙りをはたらかせたあげく、義理の父親・直吉《なおきち》が金助を舟から突き落としたので、助けようとしたおつぎも溺死する悲話だ。

作者によると、幼い兄弟が父親の友人によって、生きたまま川に放り投げられ、溺《おぼ》れてしまった事件が、世間を騒がせたという。二人の息子の母親として、身につまされたので、この悲劇を参考にして、「びいどろ玉簪」を書いたそうだ。

この作品にかぎらず、お鈴は作者の分身にほかならないといえよう。

凝《こ》り性《しょう》で、料理づくりが好きなので、台所《キッチン》の一角に置いた机で、料理の支度《したく》をしたり、煮物の加減《かげん》を見ながら、執筆した時期もあったそうだが、流行作家になった現在では、家事の合間に、小説を書くことはできないとおもわれる。

料理も小説と同じで、毎日、つくっていなければ、勘《かん》がにぶるということばには説得力がある。料理とは、家族への愛情表現であり、お鈴の場合にも、あてはまる。

六編には、幕府が定めた「御定賃銭《おさだめちんせん》」によって、物の値段や、駕籠舁きの手間賃などが書かれているので、参考になる。時代小説のすぐれた書き手だけに、便利な参考書を知っているのだ。本棚には、「御定賃銭」などの史料本と並んで、料理の本が置かれているかもしれない、と想像すると、たのしくなる。

本所の人たちが織りなす人間模様の中に、市井の古道具屋の親子の情愛をつづった、この連作短編集は、現代では希薄《きはく》になっている親子関係について考えさせてくれる。

わたしの北極星

朝倉《あさくら》かすみ
（作家）

名前を知ったのは地元の新聞だった。

函館在住の主婦が新人賞を受賞し、作家になったという記事である。いや、函館在住の主婦が作家として初めての単行本を上梓したという記事だったかもしれない。

詳細は忘れた。なにしろ三十年近く前の話だ。忘れられないのは、四十歳を超して公募新人賞を取り、作家デビューした人がいるということだった。しかもその人は、わたしと同じ北海道内に住んでいて、どうやらフツーの主婦であるらしい――。

わたしの胸に灯りがともった。ぽっ、と音さえ聞こえたくらいだ。宇江佐真理という名は、わたしにとって福音だった。

大袈裟に聞こえるかもしれないがほんとうだ。ほんとうすぎて今まで言えなかった。

その頃、わたしは三十代後半だった。フツーの会社員で、石狩というちいさなまちの実家に住んで、二階の自室のコタツ机でワープロに向かい、夜な夜な小説を書いていた。最後まで書けたものは新人賞に応募していたが、成績はサッパリで、ごくまれに一次予選を通過する程度だった。

そんな体たらくにもかかわらず、わたしはいつか小説を書いて食べていく人になりたいと思っていた。それは「ずうっと小説を書いていきたい」という純な欲望と「それでお金がもらえたら最高」という俗な欲望が合わさったもので、四十歳を目前にして、初めて抱いた「将来の希望」だった。

作家志望者としては先行作家のデビュー方法が気になるものである。名の知れた作家たちのプロフィールを読み漁っていくうちに不安になったのは、わたしの学歴と年齢だった。あ、あと女性であることも少し。

わたし調べでは有名作家は圧倒的に大学卒の男性が多かった。小中高卒それぞれいたし、院卒、専門学校卒もいた。なのに短大卒の作家はほとんどいなかった。デビュー年齢はまちまちだが、四十前後の「遅咲き」系は少なかった。若ければ若いほど期待され、歓迎される空気があった。

つまり、女性、短大卒、四十代デビュー（予定）という「わたしタイプ」の作家はほとんどいなかったのだ。それだけでわたしは「作家なんて無理、データが物語ってる」と落ち込んだ。わりとすぐに「データなんてなにさ！」と意欲を燃やしても、ひと月ももたず「がんばっても無駄。だってデータが」と悲観的になるという気分の浮き沈みを繰り返した。

なに、いいものを書けばいいだけのことである。頭では分かっていても、新人賞の一次通過もままならない日々を送る身としては、作家になれない理由をなんとか自作のできばえ以外に求めたかった。

三十九歳で単行本デビューし、二作目で直木賞を受賞した短大卒の女性作家（しかも同郷）を崇拝してはいたが、ロールモデルとまでは思い込めなかったのは、認識したときには既に有名人気作家だったからだろう。加えて彼女のデビューは三十九歳。せめて四十代のうちになんとかなりたいものだと考えていたわたしにしてみると充分に若いのだった。

そんな実にまったくどうでもいいことを信じられないくらい真剣にアでもないコでもないと思い巡らしていたわたしの前に現れたのが、宇江佐真理だったのである。

さっそく彼女のデビュー作「幻の声」を読んでみた。「オール讀物」だったか、単行本だったかは覚えていない。そのどちらかを図書館の固い椅子に座って読んだ。時代ものを読むのは初めてだった。テレビや映画も好んで観てはこなかった。ただ古典落語は好きで、レコードも持っていたし、ラジオで録音したのを夜寝る前に聴いていた。睡眠学習じゃないけど、いくつかの噺のところどころは覚えてしまい、掃除機をかけるときなんかに、「裏は花色木綿！　丈夫であったか！」とか「やかた、やねぶね、ちょき、てんま、という船がでておりまして」と呟いたりしていた。

「幻の声」を読み始めてすぐ、「この感じ、知ってるかも」と思った。「花色手拭い」、「猪牙舟」などの耳馴染みのある語句を目で拾って、「落語だ」と気づいた。わたしが寝しなに聴いている噺の世界が、立ち現れてくるのだった。その世界のどこかで、わたしがよく知る噺の登場人物たちが暮らしている、そう思えた。そんなわたしの知り人たちと、宇江佐真理の小説に出てくる人々は、縁続きであるような気がした。

粋と野暮、聡さと愚かさ、義理と人情などなど、いくつもの表と裏を両面の生地として拵えた座布団の、その縫い目のあたりから滲みでる人間臭さ、可愛げが共通していると思った。宇江佐真理の小説で読む人々は、わたしの知り人たちと同じく、賑やかな生活音を立てながら、力いっぱい生きていた。

かくして宇江佐真理はわたしの北極星としていよいよ輝く。来たるべき職業作家生活への道しるべとなったのだった。

わたしは彼女の動向を追いかけた。小説も読んだが、より熱心に読んだのがエッセイだった。職業作家の生活を知りたかったのだ。

わたしは直木賞の選考会当日には、彼女の自宅に編集者はもちろんマスコミ各社の記者さんたちが集結するのを知った。新たに仕事をするときは、東京から編集者とその上司であるお偉いさんが来道すると知り、テレビ局のプロデューサーとご挨拶の機会もあると知った。

その華やかさに感嘆すると同時に、そんなバラ色の日々はたとえ作家デビューしてもわたしには無縁だろうと予感した。あーあ、とふて寝したりしていたのだが、いつのまにか忘れてしまった。新人賞を受賞して数年経ったある日、ふと思い出した。ちょ、あのときの予感、当たってたんだけど。思わず苦笑いがでた。

二〇〇七年だったか二〇〇八年だったか、その頃である。宇江佐真理は押しも押されもせぬ人気作家となっていた。数多いる物書きのなかで、広く読者に親しまれ、次作を心待ちにされる作家はごくごく一握りだ。その現実をわたしはもう知っていた。というか、結構早めに宇江佐真理とわたしとの「モノの違い」を実感していたのだった。

それでも彼女はわたしの北極星のままだった。ときどき見上げ「よし、いる」とうなずいたものだが、何がどう「よし」なのか自分でも分からない。『ウエザ・リポート』を読んだのはこの頃だった。宇江佐真理がさまざまな媒体に発表したエッセイをまとめた本で、わたしにしてみたらほとんどが再読だった。

わたしは「応募を続けていた時、新人賞を取ることしか頭になかったけれど、まさかその先の賞にまで振り回されるとは夢にも思わなかった。私は幸運にも作家になれたけれど、いつも自分の小説が世間に試されているのは変わりがない」を読み落としていたことに気づいた。「脳みそ一つ、利き腕一本でやっていることである」も、「では、私の原稿料、印税を何に費やしているかと言えば、息子達の学費である」も読み逃していた。

宇江佐真理という職業作家の像をつくり直すことになる。ものすごく簡単にいうと苦労や覚悟のようなものを像に練り込んでいく作業だった。で。そんなに時を置かず、わたしは宇江佐真理本人と会う機会を得た。

二〇〇九年だ。吉川英治文学新人賞のパーティの席。その年の受賞者であるわたしは二〇〇〇年の受賞作家である宇江佐真理から祝福の挨拶を受けた。宇江佐真理は黒っぽいスーツを着ていた。背が高く、厚みがあり、ゴージャスなムードだった。なにか言うたびにウエーブのかかった豊かな髪が肩で揺れ、黒目がふしぎに煌めいた。宇江佐真理の黒目は多面体にカットした宝石みたいに光を反射し、分散した。ああ、こういう目をした人なんだ、と、わたしはそればかり考えていて、彼女にかけてもらった言葉をひとつも覚えていない。

少し経って、メールを頂戴した。受賞作の感想を書いてくれていた。ありがたさと同時にわたしの胸を打ったのは、彼女の素の文章の自然さだった。思ったこと、考えたこと、言いたいこと、を、気取りや気負いはおろか一切の頑張った感なく伝えられる筆運びに、彼女が職業作家としていかにたくさんの文章を書いてきたかがしのばれ、参りました、と頭を垂れるよりほかなかった。

そういうわけで、わたしの返信は緊張しすぎて木で鼻を括ったものになった。

わたしは自分自身にがっかりした。宇江佐真理からのメールを受信箱に見たとき、これからは彼女を「宇江佐さん」呼びして、相談事のひとつでもするような間柄になったりなんかして、とニヤついた自分を張り倒してやりたかった。

結局、宇江佐真理とわたしのメール交換は一度で終わった。お会いしたのも、声を聞いたのも、一度きりだ。

『ひょうたん』は、宇江佐真理の小説を初めて読んだときの印象をより鮮明にしてくれた。まず、「世界」が立ち現れる。それは読み手それぞれが思い描く江戸のまちで、そこに翼を広げた鳥が時空を超えてやってきて、その目が本所北森下町の「鳳来堂」を選びだす。そこの主人夫婦が音松とお鈴で、と読み手が承知したところで、世界の見え方が鳥瞰から虫瞰へと切り替わる。地べたと同じ視点でなんとも忘れがたい出来事どもが語られる。そして最後はまた鳥瞰に戻る。鳥は再び翼を広げ、飛び去っていくのである。「鳳来堂」の店先に七輪をだして魚を焼いたり、煮物の鍋をかけたりするお鈴のすがたがちいさくなる。断っておくが、ただちいさくなるだけだ。見えなくなってもお鈴の毎日は続いていく。今もきっと続いている。お鈴はずうっとそこにいて、泣いたり、笑ったりしているに違いない。

二〇〇五年十一月　光文社刊

《参考文献》
『剣豪　その流派と名刀』　牧秀彦　著　光文社新書
『江戸の夕栄』　鹿島萬兵衛　著　中公文庫

＊礒貝勝太郎氏の著作権継承者の方は、連絡先をお教えくださいますようお願いいたします。

光文社文庫

ひょうたん　新装版
著者　宇《う》江《え》佐《ざ》真《ま》理《り》

2023年12月20日　初版1刷発行

発行者　三宅貴久
印刷　新藤慶昌堂
製本　ナショナル製本

発行所　株式会社　光文社
〒112-8011　東京都文京区音羽1-16-6
電話（03）5395-8147　編集部
8116　書籍販売部
8125　業務部

ISBN978-4-334-10162-6　Printed in Japan

組版　萩原印刷

光文社時代小説文庫　好評既刊

恋わずらい　決定版　稲葉稔
江戸橋慕情　決定版　稲葉稔
親子の絆　決定版　稲葉稔
濡れぎぬ　決定版　稲葉稔
こおろぎ橋　決定版　稲葉稔
父の形見　決定版　稲葉稔
縁むすび　決定版　稲葉稔
故郷がえり　決定版　稲葉稔
戯作者銘々伝　井上ひさし
馬喰八十八伝　井上ひさし
三成の不思議なる条々　岩井三四二
家康の遠き道　岩井三四二
天命　岩井三四二
甘露梅　新装版　宇江佐真理
ひょうたん　新装版　宇江佐真理
彼岸花　宇江佐真理
夜鳴きめし屋　宇江佐真理

神君の遺品　上田秀人
錯綜の系譜　上田秀人
女の陥穽　上田秀人
化粧の裏　上田秀人
小袖の陰　上田秀人
鏡の欠片　上田秀人
血の扇　上田秀人
茶会の乱　上田秀人
操の護り　上田秀人
柳眉の角　上田秀人
典雅の闇　上田秀人
情愛の奸　上田秀人
呪詛の文　上田秀人
覚悟の紅　上田秀人
旅発　上田秀人
検断　上田秀人
動揺　上田秀人